战疫口述实录
50位亲历者说

Oral Account
of
the Witnesses

新民周刊社　著

上海人民出版社

本书编委会

主编：刘　琳

副主编：钱亦蕉　杨　江

在冰冷的冬天催开春天
（代序）

新民晚报社党委书记、社长　朱国顺

2020 年刚开年，冰冷的冬天倏然来到中国。

最冷的寒意，来自肆虐的新冠肺炎病毒。1 月 23 日，武汉"封城"，全国大部分地区先后进入公共卫生事件应急一级响应。在一年里最寒冷的季节，面对病毒挟裹的寒意，除了疫情防控之外，全国几乎按下了暂停键，冰冷的冬天更添了冻意。

"高天滚滚寒流急，大地微微暖气吹"。

在习近平总书记亲自指挥、亲自部署下，全国人民上下一心，奋力展开疫情防控的人民战争、总体战、阻击战。四万多名优秀医务人员从祖国各地奔赴武汉、湖北，会同当地医务工作者齐心协力抗击疫情；全国各地拿出了自己最好最适合前方急需的物资，用飞机、火车、卡车等各种运输工具，不断送往第一线；海外华人华侨、留学生，尽其所能准备物资送往国内。

这是艰难的时刻，这是闪光的时刻。

在武汉、在湖北、在全国各地，在疫情防控这场人民战争的每一处地方，在疫情防控战线的每一个角落，都有无数的普通人在奋战、守护、尽心、竭力。他们或许从未有过成为英雄的梦想，但是危难来临之际，他们个个都表现得像真正的英雄。

他们中有普通的医务人员、公安民警、社区干部，也有普通的农民工、快递小哥、出租车司机，他们在自己的本职岗位上，认认真真做好自己的工作。当新冠疫情倏然来临、巨大困难突然到来、危急时刻骤然出现，他们几乎没有犹豫，立即迎难而上，奋战到人民战争、总体战、阻击战的最前线。他们中有武汉最早一批参战的医生，在防控疫情中一心奉献；他们中有快递小哥，送的不是快递而是救命的人；他们中有修车师傅，修的是救护车、送餐车、雷神山建设车；他们中有的一宿未睡，为医院准备1800份早餐；他们中有的揣着救心丸，睡在防疫一线一个多月……

没有一次疫情，给新中国带来这么大的挑战；为了应对这次挑战，中国人民齐心协力。

感谢《新民周刊》，在抗击疫情的第一时间、第一现场，以"口述实录"的方式，为我们留下了五十篇殊为珍贵的真实记录，让我们最真切地感受那一刻、那一瞬，那些值得记取、值得留存的历史。这是中国迎战危急时刻的珍贵记录，这是世界抗击疫情历史的重要侧记，这是人类危急时刻奔涌的人性光芒。

人类的发展历史，也是一部伴随着抗击各种疫情、抗击各种挑战的历史。历史上，重大疫情曾经对人类的生存发展带来过巨大挑战，造成过极大危害，欧洲中世纪的黑死病、百年前西班牙大流感等，都是如此。如何应对这些坎坷，如何迎战危急时刻，如何处置巨大挑战，如何转危为安、化危为机，考验着国家治理体系、检验着国家治理能力，也考验着每一个生活在其中的人民、检验着每一个人的人生态度。中国经受住了考验，考出了好成绩。

在这场巨大考验与挑战来临两个月之后，胜利的曙光已隐约可见。进入2020年3月下旬，中国境内的新冠疫情新增病例，已多天接近为零或者为零，这预示着中国抗击疫情的人民战争、总体战、阻击战取得了重大战果。这么短的时间、以这么高效的方式，成功应对这么危急的疫情，中国是第一个。

中国抗击疫情的历程，充分体现了中国共产党的领导、中国特色社会主义制度的巨大优越性。中国抗击疫情的那些事、那些人，值得我们流传下来，成为人类抗击灾情的一份宝贵素材、一个重要借鉴、一段历史珍档。

这是一部抗击疫情最前线的真实记录，这也是在寒冷的冬天里闪现的人性光芒。

在冰冷的冬天，这里有催开春天的热血。

目录

COVID-19

目录

COVID-19

和最爱的人一起并肩阻击疫情，婚礼留待春暖花开时

COVID-19

◆ 陈政博，天山中医医院医生。辛奇遥，徐汇区一家社区医院的全科医生。疫情发生后，取消了原定的婚礼，选择在家人微信群中举行了特别的视频婚礼。

等到疫情结束，春暖花开，我一定会给妻子一场最浪漫的婚礼。

采访 | 应 琛　口述 | 陈政博

如果没有春节前这场突如其来的疫情，我现在应该刚和妻子度完蜜月回来。但现在非但蜜月没去成，我们原定在2月2日举行的婚礼也取消了。但这是我们一起做的决定，婚礼的意义就是希望大家见证幸福，如果亲友带着担心到来，那婚礼也就失去了原本的意义。

我和妻子是大学同学。毕业后，我俩都留在上海。我现在在天山中医医院内科工作，妻子则是在徐汇区一家社区医院当全科医生。

恋爱多年后，我们在上海买了房，终于在去年8月领了结婚证。从那个时候开始，两家人也就积极筹备起婚礼来。

因为都是学医的，所以当时相关消息一出来的时候，我俩就有所警惕了。但因为我家情况比较特殊，我父亲是温州人，母亲是内蒙古

人，他们又长期在新疆做生意，而我妻子家是山西人。举行婚礼等于双方的亲朋好友从全国各地到上海，要把人凑齐不容易，所以很早我们就发出了邀请。虽然过程中也有一些亲友提出过担忧或是打电话来询问还办不办，一直到1月10日左右，我们都还告知他们会如期举行。

但随着疫情的发展，我开始觉得取消婚礼是很有必要的，就怀着忐忑的心情和妻子透露了自己的想法。毕竟，这次婚礼是我们期待了很久的。我还设想了很多理由来说服她。没想到，还没等我开口，妻子就表达了同样的想法。我们都觉得，应该要响应国家的号召，尤其身为医生，这个时候强行举办婚礼，是一种不负责任的表现。

既然和妻子达成了一致，接下来就是说服双方的父母。1月19日，我们的父母各自从外地来到了上海，原来是想最后再合计一下婚礼的相关事宜。但第二天，我们却告诉他们要取消婚礼。他们当时是有些顾虑的，毕竟已经花了不少钱，婚礼取消的话不知道造成多少损失，再有亲戚朋友都已经定了机票和酒店。

陈政博和妻子辛奇遥研究生毕业时的合影。

但最终，在我和妻子的坚持下，我俩也给他们看了一些相关报道，科普了这个冠状病毒的危害性。双方父母最终还是同意了。我父亲还主动承担下通知亲友的"任务"，亲朋都是比较理解的。好在后面相关的政策都出了，机票、酒水这些都可以全额退还。我们也就心安了，没让他们承担什么损失。

陈政博和妻子的视频婚礼。

想到医院可能缺人手，我主动打电话给领导，告诉他们我可以回来继续上班，顺便也把婚假取消了。我妻子亦是如此。

但说实话，我俩心里还是有些许遗憾。2月2日，我俩正好休息。也记不清是谁先起的头，就说要不还是搞个小小的仪式吧，也算是我们正式结婚了。

2月2日那天，我们便在家人微信群中举行了一场特别的视频婚礼。因为微信只支持9人的在线视频。当时，出席名单也商议了好久。因为婚礼取消，我父母回温州老家过年。她父母在上海和我们一起过年。所以，我父母两人，还有就是我的叔叔一家，她的表哥，还有我们的朋友等。

"从今以后，无论安乐困苦，富足贫穷，有病无病，我都爱护你，尊重你，直到终身"，我俩宣读了婚礼誓词，紧紧抱在了一起。而视频那头响起了掌声，久久未息。

后来，我所在医院成了发热门诊的指定医院，发了通知希望我们相关科室的医生可以去支援发热门诊，我也主动请缨。

2月11日，是我第一个在发热门诊的白班，从8点到20点。第一次穿着全套防护服，戴上口罩和护目镜给病人看病，这才感受到了新闻中报道的那种难受。因为防护服很密闭，不透风，我能明显感到汗在往下淌，而口罩勒得很紧，说话都很费劲。更重要的是，为了减少物资损耗，12小时里我和同事都没喝水，没上过厕所。

那一天，我大概看了二三十个病人，基本上都是普通感冒。但我能明显感受到他们普遍的焦虑和紧张。我不仅要看他们身体上的疾病，更多地还要疏解他们心理的不安。

有两个病人，我印象特别深。一个是年轻的外卖小哥，他完全没有症状，以至于我连医嘱都不知道怎么写。来看病，只因为听说他住的隔壁小区有一例新冠肺炎确诊，想来排除一下。关键是他都没有去过那里。我给他普及了一下相关知识后，外卖小哥还算比较能接受，走的时候也松了一口气。还有一个是60多岁的阿姨，也是没什么症状，血检后指标也都很正常。但她偏偏不信，强烈要求要拍CT和做核酸检测。我跟她说做这些检查都是要有标准的。阿姨一听，原本没有的症状都有了，说她头晕，乏力，还咳嗽……

其实，我想说，我们每个人只要做好了基本的防护，少外出，在家勤洗手。上海还是很安全的，没有必要过分焦虑和担心。

在身体和精神的双重压力下，记得当天下了班，我直接就打了车回到家，倒头就睡了。

我现在比较担心的是我父母。大家都知道，温州目前也是疫情重点地区。听说他们住的小区里就有了确诊病例。现在每天我都会和他们通电话了解情况。好在他们身心各方面都还不错，能做到尽量不出门。

而我妻子在春节期间也去了上海南站支援，在那种人员密集场所，尤其是返沪人员比较多的地方，说实话我真的很舍不得。

"穿好防护服，再难受也不能摘下口罩！""有空了就多喝点水，

陈政博在防疫工作中。

勤洗手!"……每天出门上班前,我们俩对彼此的这些"碎碎念"瞬间就成了最动听的语言。

尽管很累,但疫情形势严峻,治病救人是医生的天职,我们责无旁贷。而我能和最爱的人一起并肩阻击疫情,也特别有意义。

等到疫情结束,春暖花开,我一定会给妻子一场最浪漫的婚礼。

发表时间:2020 年 2 月 14 日

COVID-19

◆ 谢国钢，上海市第一人民医院呼吸科医生。报名了支援上海公共卫生临床中心医疗队，匆匆奔赴了"战场"。

在我的工作经历中，这是最痛苦的工作环境。然而，在这里，你也能遇到患者最期待的眼神。

撰稿 | 谢国钢

得知医院要组建支援上海公共卫生临床中心医疗队的消息后，我第一时间报了名。专业对口，又是共产党员，在当前这种形势下，无需动员，迎着危险必须得上。只是没想到，开赴"战场"的命令来得如此之快，在医院值24小时班清晨5点多接到了医务处紧急电话，通知我当天上午出发去上海公共卫生临床中心报到，一派不见硝烟的"战场"气氛。回家准备是来不及了，让家里赶紧收拾一些日常用品送到了医院。

我们这批医疗队包括一位医生和两位护士，医院领导举行了简短的欢送和慰问仪式，张旻主任再三叮嘱我既要做好防护，同时用自己良好的专业能力尽心做好患者的诊治和心理疏导。

2月1日上午，上海市第一人民医院院领导为支援公卫的医疗队举行了简短的出征仪式。

随后，我们便踏上了征程。

有朋友问我怕不怕。这个真没有。恐惧源于未知，信心来自通晓。既然知道了病毒的传染性，只要思想重视、认真做好防护，就无感染之虞。

还有朋友说我要去受苦了，这个真不算啥，想想我们学科带头人周新教授在除夕之夜就远赴武汉投入抗击新型冠状病毒肺炎的斗争，身先士卒、不辞辛劳。在如此榜样面前，我们就不觉得辛苦了。

来到上海市公共卫生临床中心，我们迅速和其他医院来支援的医疗队汇合。公卫的领导特别强调了医护人员的自身防护与救治病人同样重要，如果医务人员不能做到零感染，那我们抗击新冠肺炎的战役将来就不能说取得完全的胜利。这番话振聋发聩，也对我们提出了非常高的要求。接下来的重头戏顺理成章就是培训隔离服的穿脱流程。在传染病的防治过程中，隔离衣是最有效的防护措施，既保护医护人员自己，又防止病原微生物的播散，避免交叉感染，

第一次进入隔离病房，仔细穿戴好防护服，为自己打气，为上海加油。

因此，熟练掌握隔离衣穿脱过程的每一个步骤和细节是极其重要的。第一次穿戴隔离衣难免手忙脚乱，公卫感染科的老师既严格又耐心，监督我们每个人反复练习，逐个过关才放行。培训和练习整整花了一下午的时间，不过这是非常值得的，准备越充分，我们被感染的机会就越小。

在我们自己的咽拭子采样结果确认阴性后，我们连夜进入了病房大楼，开始熟悉病区环境，了解病人收治流程。进入这栋病房大楼后，我们在接下来的两周内再也不能踏出大楼外，所有的工作和生活均为封闭式管理，当然，电话和消息是畅通无阻的，时刻能与外界保持联系。

第二天，我们正式踏上工作岗位，开始投入紧张的战斗。我所在的A1病房大楼主要收治轻症患者，卫健委联合专家组每天会对收治的患者进行集体视频查房，而我这里的任务主要就是日常病区查房，把病人的病情变化情况提供给专家组，及时发现重症患者给予更积极的救治。既有大量的文书工作需要完成，又要时刻关注自己管理的病人的检查化验结果和病情变化，工作量还是相当大的。然而，最耗费精力同时风险最大的还是进入隔离病房近距离接触患者。

新病人来了，采集病史可以通过与患者电话完成，但了解病人情况还是必须进入病房面对面完成。每个新病人我们都需要进行体半夜接到通知，立即进入主要收治轻症患者的 A1 大楼，有一种从黑暗中走向光明的感觉。

格检查和心电图检查，对患者状况进行评估以决定相应的治疗方案。面戴 N95 口罩、身着厚重的隔离衣，在封闭的病房里工作，步履迟缓、感觉呼吸都很费力，时间一长，浑身淌汗，护目镜一片模糊。在我的工作经历中，这是最痛苦的工作环境，然而，在这里，你也能遇到患者最期待的眼神。

在我们查房的时候，有拉住你说"医生，你要多来看看我"的患者，你需要给予温和的宽慰；有烦躁地质问"医生，我的病怎么还没好转"的患者，你需要给予坚定的鼓励；有的患者因思念家人而潸然泪下，你会心有戚戚；有的患者病情好转，你会与其共享喜悦。

虽然他们看不到我的脸，但在交流中，这冰冷的防护服似乎也有了温度，虽然它笨重、闷热，却有无数的医护人员甘愿着衣、负重工作。穿上这防护服，我们的医护人员是忍者，更是仁者。

习近平总书记说"越是艰难越向前"，扶危渡厄，乃是医者担当。相信有我们的坚守和国家的坚强后盾，一定能够打赢这场来势汹汹的新冠肺炎疫情的战争！ 🫥

发表时间：2020 年 2 月 8 日

COVID-19

◆ 宋亚锋，武汉市第四医院（西区）胃肠肛肠外科医生。曾近距离接触后来被确诊的病人。

后来我回想，也挺后怕的。我接诊阿姨的时候，给她查体，她对着我咳嗽过。

采访 | 黄　祺　口述 | 宋亚锋

"突然听到一个消息，心情很不好，内心很恐惧，虽然根本不认识，但感觉很难过，一路走好，希望你的家人能够渡过难关！" 2月7日这天，武汉一位医生因为感染新冠病毒去世，我特别难过，我在朋友圈看到这段话。那是我在新冠肺炎隔离病房工作的第十五天。

我是个胃肠肛肠外科医生，我所在的武汉市第四医院（西区）是武汉市第一批被征用的新冠肺炎指定收治医院。从除夕那天上岗进入新冠肺炎隔离病房，第一轮上班到元宵节结束，现在我正在政府安排的宾馆隔离轮休。

想想过去的这个月，我都经历了什么？只能说我很幸运，我在毫无防护之下接诊过新冠肺炎病人，居然没事。身边有些同行、同事倒下了，有同事还住在我的病房里，想到种种已经发生的现实，有一种深深的无力感。

我最近一直想理一理脑子，但是思绪太乱，

理不清了。

后来确诊的病人，曾对着我咳嗽了

这是一场毫无准备的战争，开始的时间比新闻报道的要早一些。

去年12月上旬武汉卫健委通报首例不明原因肺炎病例，到12月下旬，我就已经听说一些医院设立呼吸传染病隔离区。武汉的医生圈子很小，绝大部分要么是武汉大学毕业的，要么是同济医学院毕业的。在这个圈子里，有医生通过微信群谈及不明肺炎的消息已经传开了。

到了12月31日，武汉卫健委通报出现27例"病毒性肺炎"。

我是胃肠肛肠外科医生，不大会接触到呼吸道疾病的患者，况且当时官方的说法是"这种传染病有限人传人"，所以尽管知道有传染病，但上班的时候还是没做什么刻意的防护，大家都没有做。

1月17日，我的一个老病人来看病。她是位60多岁的阿姨，几年前做了肠癌手术，手术后恢复良好，没做放化疗，一直在我这里定期复查。每次复查，都没有发现复发迹象，也没有其他基础疾病，整个人状态挺好的。

她来的时候症状是腹泻恶心，已经腹泻四天了，没有呼吸道症状，偶尔咳一下。她说四天前跟朋友吃了一顿饭，回家后开始腹泻。我给她做了腹部CT，肠道没什么大问题，没找到她腹泻的原因。

住进医院两天后，阿姨出现发烧、干咳、呼吸急促。我马上安排她去做胸部CT，片子拿来一看，我高度怀疑她"中招"了。那时候大家就是这么称呼新冠肺炎的——"病毒肺"。

打电话再次向放射科确认。

阿姨意识清楚，非常信任我，我给她做了一些治疗，从鼻导管

宋亚锋和妻子都是医生，疫情期间都没有停滞工作。

给氧，到储氧面罩给氧，病情仍在加重。

高度怀疑后，我给呼吸科打电话申请紧急会诊。呼吸科的医生来了，用了一些药物，但还是在恶化。当时要把病人转到呼吸科是不可能的，因为呼吸科病床早就住满了，连其他科内科也收治了一些肺炎病人。

到了21日，阿姨病情已经非常重了，我想办法把她转到了呼吸科，上了高流量氧疗，再到无创呼吸机，最终还是没救过来。

这个病毒特别奇怪，病人自始至终都是清醒的，病重患者就是血氧上不来，缺氧。看着病人强烈的求生愿望，对生命的渴望，而我们医生只能眼睁睁地看着一条生命逝去却无能为力，那种压抑，那种沉重，那种无助，那种自责，那种无可奈何，足以将我们压垮。

后来我回想，也挺后怕的。我接诊阿姨的时候，给她查体，她对着我咳嗽过。

我们医院1月23日宣布被征用为新冠肺炎病人定点医院，所有医生上岗管新冠隔离病房。这时候要求我们医生做检查，我的肺部 CT 显示是好的，应该是没事。

怎么说呢，幸运吧，我朋友说我"上辈子积德"。

同事感染住进我管的病房

从 1 月份开始，医院呼吸科已经人满为患了。为了收治这些肺炎病人，医院开始不停地扩病区，把其他科的病房腾出来收肺炎病人。腾出一个区，很快收满，又开一个新的病区。

我们做医生的都知道情况不乐观了，12 月底医院有医生被派去增援金银潭医院，我的一个同学在另一家综合性医院，也被派去增援金银潭医院。那时候我们就知道，情况已经很严重了。

我所在的医院是一家综合性医院，平常较少用到隔离防护服这种高等级的防护物资，大家这方面的意识也不强，我们外科只有医用一次性口罩。到现在，我们的防护物资也不充足。医生们看到 N95 1860——就是那种绿色的口罩，都两眼放光。

我们医院总共有 2000 多名员工，截至 1 月 14 日的公开数据，医护人员中有 53 例确诊和疑似新冠肺炎。不了解的可能以为呼吸科医护人员更容易被感染，其实不然。刚开始的时候，大家对这个疾病认识不足，防护意识差，其他科室中招的反倒多。

现在同事之间气氛也很奇怪，也许你今天看到这个同事还好好的，说不定明天就发病，就确诊了。所以，必要的间隔距离，是对同事也是对自己负责。

我是除夕那天正式上岗进新冠肺炎隔离病房的。我这个班 5 个医生，是从不同科室组合过来的，诊疗方案主要是按照诊疗指南来，其实现在也没有特效药，主要是对症治疗。目前我自己的经验，打免疫球蛋白、氧疗有比较好的效果，只要病人能挺过 7—10 天，大部分就能扛过来。

我管的病房里大约 10% 的病人病情比较重，我们最多的时候管

医院被征收为新冠肺炎定点医院后，宋亚锋成为第一批进入隔离病房的医生。

38个病人。特别重的病人转不出去，因为救护车上没有病房里这个高压供氧设备，所以路途上太危险。

我的这个病房里，还收治了一些医院的同事。有一位我印象特别深刻，他是医学博士，30多岁。一开始他非常消极，觉得不可能活着出去，后来我们把他转到了呼吸科，最后转到金银潭医院。转诊其实风险很大的，我很感谢呼吸科的同仁们，他们备着气管切开包，跟着救护车护送同事转到了金银潭医院，值得欣慰的是，现在他已经从ICU转到普通病房了。

只能坚持，等着天亮

元宵节那天我从病房出来，轮休。

好消息也有，我们第一批次第一梯队的防疫医护人员，实现了所在隔离病区零医护人员感染、零患者死亡，20余人顺利康复出院，取得了阶段性胜利目标。

上前线压力是很大的，在隔离轮休期间我尽量调整自己的心态，睡眠也得到了极大改善。刚开始我都怀疑自己得了创伤性心理障碍，我一个师兄每天开导我，叫我少看网上的新闻，每天看看书、听听音乐。他说他一个感染科的同事也差点崩溃了，后来靠这个办法缓解。

怎么说呢，我得到的信息比别人多，所以我承受的痛苦就比别人多。

前段时间一家广播媒体采访，我在广播里大哭一场，真的是特别不好意思，导播切到另一个医院的护士，护士也在广播里大哭一场。

随着武汉市采取了强有力的管制措施，封锁武汉很大程度阻止了病毒向全国、全球蔓延。但对于武汉来说，经历了最艰难的三周，它已不堪重负。

随着医院床位的扩张，方舱的建设，火神山、雷神山的投入使用，随着全国源源不断的物资援助，随着全国各地医护的支援，我们已经从最开始的慌乱无序，慢慢地走上了正轨。

天会亮，我们在坚持。

发表时间：2020 年 2 月 19 日

COVID-19

◆ 王维武，湖北咸宁市崇阳县人，多年定居瑞典，从事医疗及科研工作。回国探亲时，加入咸宁市的抗疫医疗专家组。

当人们摘下口罩的那一天，我也会脱下防护服，与家人团聚，与亲朋举杯。

采访｜应 琛　口述｜王维武

今年春节，注定与众不同。

2020年2月13日，是我在咸宁市抗疫医疗专家组援助的第16天。当晚，我终于和三姐王淑红见上了一面。她是湖北省咸宁市公安局警令部政委，从新冠肺炎疫情暴发之初，同样也投入到繁忙的抗疫工作中。

就在我们医务人员统一入住的宾馆门口，三姐朝我直奔过来，我下意识地连退几步，对她摆摆手，示意她不要靠近。因为这里住的都是外来援助的医护人员，每天出入医院，离得太近不安全。在昏黄的路灯下，三姐仔细询问了我的工作近况，当我无意中说漏嘴表示，每天只是戴着口罩穿梭于各大医院，并没有其他防护装备时，三姐的泪水一下就止不住地流了下来。

在一线抗疫外，王维武还利用自己在国内外的号召力筹款筹物资。图为捐给崇阳县人民医院的物资。

我叫王维武，湖北咸宁市崇阳县人。先后在中国中医科学院、瑞典卡罗琳斯卡医学院取得博士学位并从事博士后研究工作，之后我多年定居瑞典，从事医疗及科研工作，很多年都没有回国过年了。

前些年，家中遇到些变故，为了照顾母亲，我要求自己每年必须定期回国。在国内，我在湖南中医药大学第一附属医院出诊。因为长沙离咸宁不远，每次回国，我一定会接母亲来长沙同住，以尽孝道。

今年是母亲八十大寿，很早我们兄弟姐妹就相约小年夜在县城老家团聚。不料突如其来的疫情让所有的计划都成泡影。很快城封了，路也封了，交通开始管制。三姐也在第一时间投入到工作中，她每天忙着各种指令的上传下达，审核着各类信息数据的收集上报，巡查社会面的治安情况，非常劳累。

身为一名医生，我不可能坐在家中袖手旁观，于是就在微信群里问三姐："现在封路了，我还有什么办法可以出行吗？"三姐立即明白了我的意思，但她舍不得我去冒险，便断然拒绝了我："没有任何办法，你就安安心心在家陪母亲吧！"

心急如焚的我却意外接到了市领导的电话。原来有一则关于我的微信推送引起了市委领导的注意，得知我是咸宁人后就与我取得了联系。于是，1月27日，我主动向领导请缨，加入抗疫医疗专家组。在与专家组组长、华中科技大学同济医学院杜光教授碰头后，我们一拍即合。

然而，刚开始知道这个消息时，家人对我的选择并不支持，尤其是我的母亲坚决不同意。我花了一整晚的时间反复给老太太做思想工作。其间，母亲几度流泪让我非常纠结。自从10岁父亲去世后，是她一个人将我们五个兄弟姐妹拉扯大，我又是她最疼的小儿子，她的不舍与纠结我非常理解。

当时我对她说："如果咸宁的疫情真的暴发，我们这个小家也不可能独善其身。虽然看起来危险，但我有这个信心一定能够把安全防护做到位，您不用为我担心。"最后，母亲是哭着同意的。

1月29日，我正式加入咸宁市的抗疫医疗专家组。临行前，三姐不甘心地问："弟，你一定要去吗？你不是订了去美国的机票，接下来不是还要去哈佛访学的吗？"见我态度坚定，三姐便不再多言。

加入专家组之后，我们每天出行的时间并不固定。24小时待命，只要有什么情况发生，我们就要马上出发。每天的事情都非常多，安排也相当紧凑。

我们的主要工作是下到咸宁市的各个区县，在当地医院进行巡诊，如果遇到疑难病症，还要对其进行会诊。同时，对于新开辟的即将收治新冠肺炎的医疗定点机构，我们也会到实地去检查，看它的设施、条件到不到位，符不符合要求。此外，对那些已经作为医疗定点机构的医院，我们也要检查其发热门诊、隔离病房的设施规不规范，相应的防护和消杀措施是否到位等。

1月31日，我主持了一个危重症患者的会诊，印象非常深刻。他是一位65岁的男性患者，当时病情已经很凶险，CT拍下来有

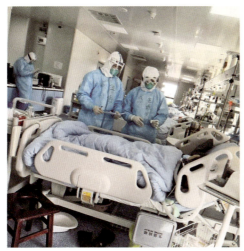
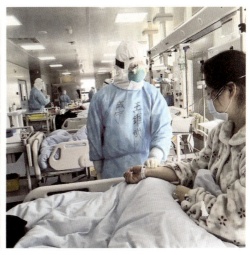

王维武在病房了解患者病情。

"白肺",血氧饱和度也比较低,已经出现了发热、胸闷、呼吸困难等症状。经过反复的专家组讨论,最后除了常规的一些抢救方法以外,我利用了自己"中西医双修"的背景,开了一些有针对性的中药方剂。值得高兴的是,这名患者经过我们专家针对性的治疗后,目前已经痊愈出院。

一般情况下,我们会控制进入病房会诊的专家人数,因为一线的医疗物资是非常紧缺的,为了节约防护资源,我们会采取线上、线下远程等多种方式开展会诊工作。

但中医讲究望闻问切,脉象和舌象通过影像是传不出来的。因此,有时候,我也会与医院其他专家深入重症病房查房。每次进入病区,我们就要做好三级防护,而且为了不浪费隔离服,我每次进入病区的时间不低于两小时。最长的一次,我进去了大约4个半小时,其间不能吃、不能喝、不能拉,感觉汗像油一样流下来,全身湿透且粘腻,一线医护人员的辛苦由此可想而知。

其实,专家组有时也会到崇阳县检查工作,而我母亲就住在崇阳县人民医院旁边。当时专家组的同仁体贴我,建议我回去看望一下母亲,但我考虑到自己天天在发热门诊和隔离病房这样的高危地带活动，且母亲年事已高，虽然很想念她，但经过深思熟虑最终还是没有去。这样的情况发生了三次。

当然，有空的时候，我也会给母亲打电话，但不一定每天都有时间。因为有时从医院结束一天的工作回到宾馆已经晚上 11 点多了，母亲早已经入睡。

作为一名医生，我将继续与病毒做斗争。当人们摘下口罩的那一天，我也会脱下防护服，与家人团聚，与亲朋举杯。🔴

发表时间：2020 年 2 月 24 日

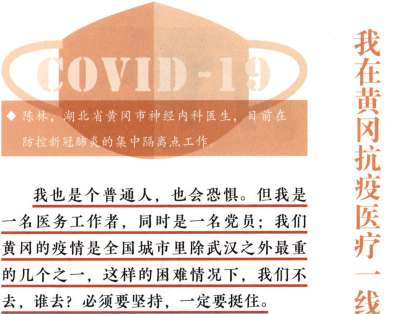

◆ 陈林，湖北省黄冈市神经内科医生，目前在防控新冠肺炎的集中隔离点工作。

我也是个普通人，也会恐惧。但我是一名医务工作者，同时是一名党员；我们黄冈的疫情是全国城市里除武汉之外最重的几个之一，这样的困难情况下，我们不去，谁去？必须要坚持，一定要挺住。

采访｜王　煜　口述｜陈　林

我是湖北省黄冈市黄州区脑血管病医院神经内科的医生，目前的岗位在黄州区的一个防控新冠肺炎疫情的集中隔离点。

截至 2 月 10 日，黄冈是新冠肺炎确诊人数仅次于武汉和孝感的城市，而累计死亡人数已经超过孝感。

腊月二十六（1 月 20 日）的时候，医院就通知了我们全体医护人员取消休假，准备投入到抗击疫情的工作中去。除夕夜（1 月 24 日）我和家人一起吃了团圆饭，第二天一早就到医院值班。

年初三（2 月 1 日）的时候，我们医院征集去隔离点工作的医护人员志愿者，我马上报了

陈林和同事们。

名。我们工作的隔离点是从一家中职学校的宿舍楼改造来的，收治的是还未确诊的疑似病例和与确诊病例有过密切接触的人员，一共有 70 多张床位，这些天以来基本上都是满的。现在整个黄州区建了有 20 多个这样的隔离点。

在隔离点，我们医护人员的任务有这么几大项：一是保证收治进来的人员在他们每个人的单间妥善隔离。二是针对患者已经出现的发热等症状给予治疗；有些人除了新冠肺炎的疑似症状之外，还有一些其他的基础病症，也需要我们的治疗。三是如果有人确认为新冠肺炎病例，就要统一转移到大别山区域医疗中心去治疗，我们要协助他们的转诊。

另外，我们还要照顾他们的饮食等生活起居，以及给他们做心理疏导。有些人不是自己愿意来，而是社区报告之后被送过来的，他们会抱怨："我现在什么症状也没有，为什么要把我关在这里？"

有的人在这里待了几天后，觉得很枯燥，规定的隔离期没满就想要出去。遇到这样的情况，我们都耐心地劝说开导他们，跟他们多说说，很多人还是能理解的。

我们现在是一天四班倒，每个人每天负责6个小时。我前一天是负责晚上7点到凌晨1点的时段，接下来要负责凌晨1点到早上7点。加上穿脱防护服和交接班的时间，我每天至少有7个小时在隔离点上班是不吃不喝不上厕所的。人在防护服里特别闷热，护目镜容易起雾视线不清；我们这个隔离点没有电梯，经常需要楼上楼下奔走，工作量还是挺大的。

在这几个小时里，我们一直戴着口罩和护目镜等，勒得很痛，同事之间开玩笑说"感觉好像耳朵都要被勒掉了"。医院给我们在隔离点边上找了个宾馆，我下了班之后就去宾馆休息，第二天再接着来。

从到隔离点上班直到现在，我感觉一般的医疗物资是够用的，每天我们医院的工作人员会清点物资，如果发现不够了就会向有关部门报告申请。感觉上就是防护服不是太多，但我们目前也都能用上。我们每个医护人员也很节约物资，尽全力一个班次就用一套防护装备，不增加物资负担。

这样的工作已经连续十几天了，我觉得对我们医护人员的生理和心理都是很大的考验。医院领导一直嘱咐我们吃好休息好，也保证了我们的伙食供应。我觉得，在每次上班前做好准备，能扛住。

我也是个普通人，也会恐惧。我们隔离点曾经集中确诊一批20多例新冠肺炎患者，那样的情况，说心里不怕是假的。但我是一名医务工作者，同时是一名党员；我们黄冈的疫情是全国城市里除武汉之外最重的几个之一，这样的困难情况下，我们不去，谁去？必须要坚持，一定要挺住。

前几天看到李文亮医生去世的消息，我很痛心，但并没有因此感到更害怕，而是感到自己有了更多的力量去努力工作对抗疫情。

黄冈市黄州区脑血管病医院的人员在开赴隔离点之前的合影。

就像在战斗中，看见身边的战友倒下，我就更要坚持下去，全力把这场仗打赢。

我们隔离点有个九岁的小姑娘，一个人待在里面，没有家里的大人陪她。她很可怜，也很乖。我和同事们在交好班之后，每天都会去看她，跟她说说话，特别关照她。幸运的是，她经过两次核酸检测都是阴性，也没有发热，可以解除隔离安心出去了。她离开的那天，我们同事几个一起送她回家。

看到那个小姑娘，我也想起我自己的女儿、我的家人。我已经十几天没回过家了，其实在隔离点怎么累都没什么，就是挺想家人的。我妻子和我在同一家医院工作，她的岗位在检验部门。前些天一个老年患者隐瞒自己的发热症状，来我妻子的部门做颅内供血的检查，结果后来被确诊为新冠肺炎。我妻子当时和那个患者有过密切接触，因此马上也被隔离观察，目前已经隔离了一星期多了。这样一来，家里就只有我妈妈一个人带着我的两个孩子，大女儿12岁，小儿子才一岁多。

我现在只能跟孩子们视频说说话了。儿子在除夕的时候还不会叫爸爸，这些天他可能是想我了，加上姐姐每天在家里教他，最近一次视频里他都会叫我了，我挺高兴的。前两天下班后，我想见见女儿，就跑到自家楼下，也不敢上楼进家门去，怕自己有潜在的感染风险会传染他们。女儿在5楼的阳台上，我俩就这么隔空喊了几句话：

在家乖不乖啊？

乖！

弟弟睡着了吗？

睡着了。

在家要听奶奶的话，知道吗？

知道了！

说完，我就匆匆地走了。

我希望疫情能早些结束，我就能回家和孩子们一起了。不只是我们医护人员、隔离点的后勤人员、志愿者、警察，还有在抗击疫情的很多人，大家都很辛苦很不容易。希望大家都可以早些回家。

发表时间：2020 年 2 月 11 日

COVID-19

◆ 郑华，华中科技大学附属同济医院麻醉科医生。在隔离宾馆，利用"掌上同济"APP为非新冠肺炎的病患们提供问诊服务。

作为一名医生，我十分清楚在每一个新冠肺炎患者背后，都有一个备受煎熬的家庭，这个坎能不能过去，需要大家一起扛。而随着武汉"封城"时间越来越长，一些非新冠肺炎的病患，同样也在默默承受着煎熬。

采访 | 吴 雪　口述 | 郑 华

早上8点，我下夜班，接班的同事准点到了，我嘱咐好病房负责的病人，满身疲惫地走进医院的更衣室，脱掉防护服，摘掉护目镜，深呼了一大口气。许久未关注医院窗外的风景，树木仿佛发出了新芽。作为华中科技大学附属同济医院麻醉科的一名医生，2月29日，是我返岗的第9天，工作时间与新冠病毒赛跑"抢人"，休息时间看诊非新冠病人，已成为我近一周的常态。

回想这一个月以来，我内心的煎熬、希望、纠结，全部搅和在一起，一刻也没停下来过。

在华中科技大学附属同济医院隔离区，郑华与同事们正在工作。

我平时工作很忙，春节假期，本打算好好陪陪家人。但1月24日，我决定放弃休假返岗，家人也很支持。但我为什么2月中旬才返回工作岗位，因为还没上岗的1月28日，意外情况发生了。

那天，我爱人突然发烧了，量了体温不到38℃，不算高烧。当时并不能确定是新冠肺炎，但鉴于病毒的不确定性以及作为医生的职业敏感，我当机立断：不管怎样，都必须隔离。我和岳母腾出手来整理了带有洗手间的主卧，第一天就让爱人隔离了进去，上了锁。我有两个孩子，一个7岁，一个3岁，刚开始他们并不理解，哭着闹着非要拧开门把手找妈妈。后来，视频了几次，孩子没辙，也只能安生了。

爱人隔离以后，我们开始对症处理，吃退烧药降温。一日三餐之前，我都会通过微信或者视频连线通知开饭，把饭菜装进饭盒，放在门口，那种滋味基本和"坐监"差不多。第二天，体温一下子蹿到了高烧39℃，而且总是反反复复，下午和晚上特别明显。还好，爱人性格开朗，凡事想得开，心态也比较好。

2月3日，反复高烧到第7天，爱人一直没有好转，我着急了，决定带她去到医院门诊拍 CT。果然，CT 结果显示双肺感染，高度疑似新冠肺炎。当时医院床位紧缺，同事们已经疲累应战，虽然检查是在我工作的医院做的，但我并不想去打扰他们，当天我就带爱人回家了。2 月 4 日，医院通知其中一个分院改成了定点收治医院，爱人可以入院。

我收拾了生活必需品，开车送爱人前往，当时驰援该医院的团队是山东省医疗队，照顾非常周到。虽然一路上戴了口罩，也做了防护，但为了安全起见，把爱人安置好后，我决定暂不返岗，在居家隔离了七天后，我打电话给同济医院医务处，说明了当时接触情况，目前身体无异样，申请上岗。大概沟通了四五次，2 月 20 日，我正式返回了工作岗位。

14 天后，爱人核酸检测正常，正式出院，需居家隔离。上班我一点都不害怕，最担心的是岳母一个人在家，带两个孩子，太吵太闹，还要照顾爱人和刚刚做完肺癌手术的岳父。如果精力顾不上来，一不小心就会交叉感染。所以上班前几天，我开始每天培训岳母如何做好防护和消毒。比如，将 84 消毒液配比成一定浓度，擦拭门把手、卫生间、马桶圈等公共接触位置；碗筷用完后，用带有紫外线和高温

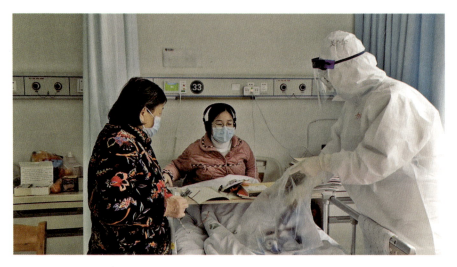

华中科技大学附属同济医院郑华医生正在询问患者情况。

臭氧的消毒柜消毒。直到现在，我们都很好，说明这个方法有效。

再比如，卫生间纸篓倒出来的垃圾，扔到楼下之前一定要喷上消毒液，因为如果携带病毒，将危及环卫工人的健康。之前爱人住院，隔壁床位上就是一个捡垃圾为生的老婆婆，因为垃圾携带病毒而被感染，所以一定要处理，不要害人。

20日我正式上班了，被分到了新冠肺炎的危重症科室，这里有40多个病人，医生数量加上感染科、呼吸科共有18个人。不像开始的"疲劳应战"，我们有五组人实行轮班制，白天一组人，晚上一组人，基本上可以保证上两天，休三天。院方也强调，只要感觉不舒服，千万不要硬撑，一定要第一时间报备。

现在重症入院的病人少了许多，每天平均能一两个治愈病例，但我个人觉得，目前的数字还不能放松警惕，特别是出院的病人以及有可能密切接触病患的人，还需要密切观察，降低感染风险。工作9天，我接待了许多病人家属，由于无法与亲人见面，只能托我带话。但最明显的是家属与患者两者的心理反差，家属表达关心，但患者往往报喜不报忧，他不会说这个药难吃，更不会说自己浑身难受睡不着觉，通常会传递积极向上的话，实际上也是给自己打气。

武汉作家方方说，时代的一粒灰，落在个人头上，就是一座山。我们唯一的事，就是把这一切都扛下来。作为一名医生，我十分清楚在每一个新冠肺炎患者背后，都有一个备受煎熬的家庭，这个坎能不能过去，需要大家一起扛。而随着武汉"封城"时间越来越长，一些非新冠肺炎的病患，同样也在默默承受着煎熬。

2月28日，我下了夜班，驱车回到距离同济医院车程半个小时的隔离酒店。刚刚洗了把脸坐定，电脑屏幕上就弹出了"有人挂号"的页面，问诊的是一名肺癌晚期患者，夫妇俩大概六七十岁，老太太说知道自己时日无多，不想在疫情期间，给医生增加负担。但每天疼得睡不着觉，止疼药已经吃完了，实在买不到药，求求我开点药。

我听了她的话，心里特别难受。帮她开了些止疼的药，按照地

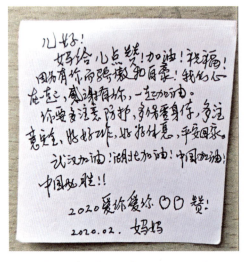

址邮寄给了这位患者。后来，我还接诊了四五个颈肩疼痛的患者。出诊一周，问诊的人并不多，我想大多数并不知道医院还有"云门诊"服务。2月14日，"同济云门诊"的"掌上同济"APP正式上线，点击在线问诊按钮，即可进入科室选择，135个专家、50个科室、469名医生开通视频以及图文问诊，可开具在线处方，实现药品线下配送。

上午、下午均有至少一位医生在线视频问诊，我是副高职称，2004年毕业于同济医学院后，就在这里工作至今。但在云门诊里，不管是副高还是正高，挂号费用都一样，只需几块钱即可，挂号成功后，医生会根据门诊挂号一样，依次叫号。

我认为，帮助非新冠肺炎患者解决病患之忧，有利于他们更好地配合居家隔离。工作之余，我得知爱人回家后，发烧又反复了，开始是发烧，吃了药又退了。我心里忐忑，知道这并不是个好征兆，目前她仍一人坚持隔离在主卧室，岳母一个60多岁的老人，照顾一家四口的饮食起居，还要防范感染风险，而我帮不上她们什么忙，我们唯一能做的就是通过视频互相打气。

无论医生还是患者，大家或许都有这样、那样的难处，但往乐观方面想，至少困难的时刻已经过去。作为一名医生，我认为把目前已经收治的病人治好，控制新感染源不扩散，再把非新冠肺炎病人照顾好，局势总有扭转的一天。

发表时间：2020 年 3 月 2 日

我是民营医院的护士，虽不是『国家队』，但我到了武汉，为救治病人帮上了忙

◆ 李瑞瑞，南京一家民营医院护士。主动前往武汉，成为了来自天南海北的医护志愿者队伍中的一员。

有人说我们这样的医护是志愿者，不是"国家队"。但这个我们不在乎。我只想能尽到自己的职责，为救治病人帮忙。我想，这忙应该是帮上了吧。

采访 | 王　煜　口述 | 李瑞瑞

2月19日，高铁列车从南京南站开出，我的愿望终于要实现了：这趟车将把我带往武汉！在车上我才发消息告诉家人这件事儿，他们很着急："这时候你怎么要去武汉啊？！"我回答："我要去帮助救治病人！"

其实，在春节前疫情刚暴发时，我就特别想能去武汉帮忙。我是一名护士，但是在民营医院工作，通过单位安排去支援武汉的机会比较小。也曾想过先去了武汉再说，可那段时间一直买不到过去的车票，我就先当起了线上志愿者。

在线上志愿者的组织里，小伙伴们搜集微博、微信等各种渠道的求助信息，比如武汉等地有患者就医困难、有老人小孩没人照顾等等，

联系当事人核实后，再帮助他们联系医院、政府、媒体等机构，尽力帮他们解决问题。常常为了落实帮助方案、联系各个单位，我也要忙到凌晨两三点甚至通宵。

可我还是一直想去武汉，因为我毕竟是个护士，希望能把我的专业技能贡献到一线。从新闻上看到那边是很缺医护人员的，我想去了一定能帮上忙。至于感染的风险，这个我真没怎么考虑过。

终于，我在一个群里看到消息，说武昌区委组织部委托一家健康管理公司，在招募具有资质的医护人员支援当地医院抗击新冠肺炎。我赶紧报了名，后来入选了，我特别高兴。

我们支援的是武汉市第七医院，这是当地的一家收治发热病人的定点医院，其中一个病区由我们这群来自天南海北的医护志愿者队伍接管。我们这个团队有十几个人，有和我一样是民营医院的医护人员，也有自己开诊所的医生。我和他们之前都不认识，但一到医院都马上投入工作成为同事。

我们这个病区收治的是轻症的发热病人，其中有新冠肺炎的确诊患者。我做的是些繁杂琐事，比如给病人配药、发药、发饭，给病区消毒，给病人量体温、血压、血糖、血氧，给他们抽血、取咽拭子；然后尽量解答病人的疑问，满足他们的需求。比如有病人会说："我想做个核酸检测，能不能帮我申请一下？"有人会问："护士，上次我的检查结果怎么还没出来呀？"有的就是问我再要个口罩。有几天，好几个病人对医院安排的伙食吃不惯，想吃方便面。我就去跟后勤的同事说，最后弄来了泡面。有几个病人早餐想吃馒头包子，我也去想办法解决。

这每件事都不算难，但我们一个班一般只安排一名医生和一名护士，我要同时应对的是三十几名病人，只要病人有事儿轮流喊我，加上我自己要完成的任务，八九个小时里几乎没有空闲。只有每次给病人发好饭，他们统一在吃饭的时候，我可能有十分钟能完整地歇一会儿。

来之前我知道在武汉的病房要穿上全套的防护装备，也知道穿着那些会不舒服，但没有过多去想；我之前的护理岗位也没穿过这些。我觉得所有困难都会被我打败，但现实比我想象的还是要难许多。

在防护服里很快就会全身汗透，然后蒸发干，接着再汗透、再干，八九个小时，整个身体时不时要泡在汗里。下班回到酒店，我第一件事就是一口气喝完一瓶矿泉水，然后冲进淋浴间洗澡，沐浴露、洗发水、护发素至少要用上三遍，心里才觉得舒服点。

李瑞瑞为病人比心加油。

长时间戴着口罩和护目镜，脱掉之后，我脸上像是被爪子抓过一样，横七竖八全是压痕。不光看上去吓人，被压的地方还特别疼。压痕只有靠自己揉一揉，睡觉前敷点面膜来缓解。在这边已经十多天了，我们护士自己带来的面膜都快用完了，住我隔壁的女同事跑来问我借牙膏，说要涂在脸上看能不能缓解下疼痛。

我在自己本职的医院工作时，很不愿意上夜班；但到了这里，夜班是肯定要上的。"大夜班"是从晚上12点开始到第二天早上8点，不过到了早上5点左右，我就要给需要做检测的病人抽血和取咽拭子了，常常取着样，就到了天亮。

穿着隔离服上班的整段时间不能吃喝，开始工作的前几天，到了饭点时真是饿得特别难受，但后来慢慢习惯了。其实，不只是工作时候不能吃喝，为了避免那段时间上厕所，我在每天自己轮班开始时间点前的5个小时就开始不吃东西了，这样有时一天就只能吃

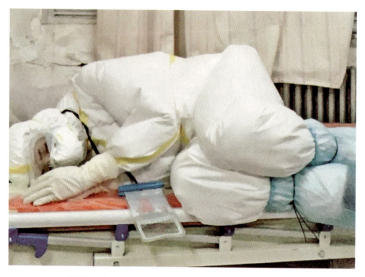

上一顿饭。

　　其实，再难都是我自己愿意来的，没有任何人要求我、号召我，而且能做这些，我真的很开心。我觉得其他的志愿者是真的很辛苦，比如开车接送我们上下班的志愿者司机师傅，有时我下班时快凌晨一点了，他还是等着我，把我送到住处。

　　前几天，我在给病区消毒时，一位病人跟我说："瑞瑞，你怎么那么勤快啊？"我说："想让你们能早点出院啊。"这两天也陆续会有人出院了，看到他们笑着跟我道别，那是我最高兴的时候，觉得自己即使24小时上班都没问题，都是值得的。

　　有人说我们这样的医护是志愿者，不是"国家队"。但这个我们不在乎。我在这里的同事，一个原来是自己开诊所、把诊所停业跑来支援的医生说："我既然来了就是把生死置之度外了。"我没有去想他说的那么大的问题，我只想能尽到自己的职责，为救治病人帮忙。我想，这忙应该是帮上了吧。

发表时间：2020 年 3 月 7 日

儿子去了抗疫医疗一线，这是对他永生难忘的历练

COVID-19

◆ 张家慧，儿子是荆州市中医院骨科的一名副主任医师，疫情开始蔓延后，进入了抗疫情一线。

作为母亲，我想代替他去；作为一名曾经的医生，我又觉得他得去一线，这是医生都有的使命感。

采访 | 王仲昀　口述 | 张家慧

今天（2月12日）是儿子进入抗疫情一线连续奋战的第十天。此前，他每天要在隔离病房里工作六小时，下班后回到供他们医护人员居住的宾馆常常是凌晨3点。

我年轻时是一名麻醉医生，现在是一名医生的母亲。我儿子1999年考上大学，读了八年医学专业，后来回到我们老家荆州。在新冠肺炎疫情暴发前，他是荆州市中医院骨科的一名副主任医师。

这次疫情开始蔓延后，离武汉200公里的荆州，情况也非常严峻：截至2月12日22时，荆州确诊病例为1110人。儿子虽然是一名骨科医生，但也时刻处于待命状态。尤其是1月底他开始参加医院为抗击疫情组织的专业培训，培训的同时，他也抽空去超市购买了纸尿裤，

为接下来做好准备。

在儿子去医院前，我最后一次见到他是1月31日下午。平时我们家和儿子家住的地方相隔不远，就一条马路的距离，步行10分钟就能到。那天下午，我们在我家楼下的车库相见，当时大家都沉默了。那时我预感到他可能很快就要去一线，作为母亲，我想代替他去；作为一名曾经的医生，我又觉得他得去一线，这是医生都有的使命感。最终，这种复杂的心情让我说不出话。

2月2日，上午9点37分，儿子接到医院通知，需要进入隔离病区工作，他告知我后，我想去送送他，他爸不让我去，说不要去干扰他。我本以为他可以在家吃个午饭再走，没想到接到通知后他就出发了。我记得那天荆州下着雨，天空雾蒙蒙的，就跟我的心情一样。

我居住的小区出奇安静，道路无人的踪影，甚至连鸟儿都没有现身，人们彻底安静了，这是少见的情形。

儿子去了他所在的荆州市中医院。医院为应对疫情，现在分好几个病区，把重症和轻症的病人都分开了。儿子现在的工作就是在隔离病房诊疗病人。他每次排班都是六小时，但实际上时间要久一点，因为穿上和脱下防护服都不容易，要耗费比较长的时间。由于专业防护服脱下很麻烦，他们工作中基本不吃不喝，也不上厕所。儿子之前去买纸尿裤，也是出于这一点考虑。有时候他的排班是晚上8点到凌晨2点，那他就得7点从宾馆出发。自从去一线工作开始，他就没回家，也没法回家。他和同事都住在专门的宾馆。

张家慧儿子马晓飞在隔离病区。

我记得2月6日那天，儿子在

隔离病区下夜班，回到宾馆洗漱完毕已经快凌晨3点。他还在微信上教我们怎样在网上买菜，反复交代我们如何操作。这让我想到，儿子小时候是抬起头听我说要怎么样、怎么样，有时我还会补充一句，听见没有！现在我们都听儿子的，他说什么就是什么，我们会点头称是，因为他是我们的顶梁柱。

2月7日，人们的朋友圈刷爆了李文亮医生去世的消息。我看后心里好难受，不敢转发朋友圈，不想在这时候给儿子带来负能量的东西。作为父母，心疼归心疼，在这时候还是要做好孩子的坚强后盾，不拖孩子的后腿，支持儿子在一线的工作，鼓舞士气。

儿子这段时间在结束工作后，有时会发朋友圈。2月8日元宵节，他在朋友圈写道："六日（隔离日）安！高高兴兴上班去，平平安安回家来！"有人以为他回家了，他回复是回宾馆，还没有结束，结束了隔离之后才能回家。

那条朋友圈的配图是电影《喜剧之王》中一个场景，张柏芝说："看，前面漆黑一片，什么也看不到。"周星驰说："也不是，天亮后便会很美的。"我觉得，儿子时时在告诉自己和家人，黑暗即将过去，黎明就要来临。

也就是同一天，儿子终于和我们视频了。那是他这10天来唯一一次和我们视频。我们之前微信上交流非常有限，他一直报喜不报忧。当时我打开视频，看见儿子出现在我的手机里，眼泪一下子就掉下来了。我当时非常高兴，非常激动，以至于语无伦次，一直在说："看见了，看见了。"我都没注意到我的视频镜头拿反了，还是儿子说他看到爸爸的脚，我才反应过来。我细看他的眼睛有点肿，鼻梁上还有口罩压着的印痕，我说你鼻梁上还有印子呢，他说现在已经用创可贴了，贴上后再戴口罩就好多了。可能听见了我哽咽的声音，他说："没事没事，还好还好！"

问到他吃了没有，他说放心，每天有盒饭吃，医院还发了酸奶、牛奶。如果能出门，我多么想给他送点热饭、热菜和热汤。但现在是

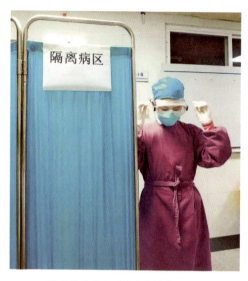
张家慧的护士侄女也在抗疫一线。

非常时期，只能忍着。他爸说，有吃就不错了！

这几天，儿子还发来了医院的好消息，说是荆州中医院有病人即将要出院了。我们知道后都很开心。感谢海南省派来医疗队支援我们荆州，我相信这些医学专家和医护人员，是他们无私奉献，不畏生死，充当着病人的"守护神"。

其实在我们家，除了我儿子，我的两个侄女同样奋战在抗击疫情的一线。她们俩都是护士，大侄女在荆州另一家医院，小侄女在广州。几天前，有天晚上12点，我看见小侄女发朋友圈了，就知道她已经下班。我立即问道："你今天上的什么班？"她回答："在广州南站上班，给来往的旅客测体温。"问她一天上几个小时的班，回答十二个小时，我心里咯噔一下，上这么久啊。不过心疼也只能放在心里，安慰她累了就早点休息吧。医生护士真的很累，希望小侄女远在他乡能照顾好自己，平平安安。

我们家这三个孩子，在这次疫情面前，都是好样的！我特别能理解儿子，因为17年前遭遇SARS时，当时作为医生的我，也有过报名去一线的念头。身为医生或护士，这种时候的使命感是很自然的，就是有那种忍不住的冲动。我相信，这段经历对于儿子来说是一段永生难忘的历练，这在他的人生中也算留下了历史的印记。

这次疫情，是我们和病毒斗争的一个比较漫长的过程。我希望我们能够早日战胜疫情，病人们尽快痊愈。静等春暖花开，期盼儿子他们医护人员凯旋。

发表时间：2020 年 2 月 13 日

COVID-19

◆ 马晓飞，湖北荆州中医医院骨科医生，先进入抗疫医疗一线，后又进入复工工厂工作。

在工厂和医院的工作完全不一样，我之前从来没做过这种工作，所以刚来时也是完全摸着石头过河。我发现，首先得跟工人打成一片，先成为工人的朋友，再来更好地宣讲专业的医疗知识。

采访 | 王仲昀　口述 | 马晓飞

结束隔离病房工作后，我又去了工厂，帮助复工复产

2月27日，是我结束隔离病房工作后，在酒店隔离的第十天。当天下午，我接到了医院通知，因为疫情逐渐得到控制，隔离期结束后我就不用再进隔离病房工作了。

听到这个消息后，我立刻给家人打电话，告诉他们自己即将"解封"的好消息，很快就能一家团圆。他们快一个月没见到我，我也有点担心他们，很想回家看看。不料，第二天医院又打电话来，说我们荆州有重点企业要复工复产，得安排驻厂医护人员去帮扶企业，搞好疫情防控和医疗保障。他们想安排我去，问我有没有困难。

犹豫了几秒钟，我几乎出于本能地说："没问题，接受组织安排。"之后我又跟家人说了这

事，他们多少有点失望。

现在，我已经在这个全封闭的工厂工作了11天。自2月2日离开家，将近40天没回过家了。

从诊疗病人，到帮助工人

我叫马晓飞，是湖北荆州中医医院骨科的一位副主任医师。此前，由于疫情暴发，我作为一名骨科医生，也接到了前往抗疫一线的通知。

2月2日，在进隔离病区前，老实说我有点紧张、焦虑。一方面可能是职业的关系，了解和接触到的相关信息更多，知道这个病传染性强，又暂时没有针对性的药物；另一方面，当时疫情还在发展，形势也比较严峻。

不过，等我开始和同事一起工作后，这种紧张感就逐渐被冲淡了。我被分到荆州中医医院的隔离六病区。我们病区主要收治轻症新冠肺炎确诊患者。在日常诊疗过程中，我发现病区的大部分患者或多或少都有些心理上的障碍，有觉得失去自由不配合隔离治疗的，有不愿面对自己病情的，有悲观厌世的，有自己在网上搜索治疗方案要求医生对照诊治的。

所以，除了常规治疗外，每个班大部分的时间，我都在疏导和安抚患者的情绪。正应了特鲁多医生的那句"有时治愈，常常帮助，总是安慰"。

我进去隔离病区时，正是疫情发展迅猛的时候。我们病区一共14

马晓飞此前在隔离病区。

个隔离病房，最严重时这些病房都收满了。我们是中医医院，所以每天会收集每个病人的脉象、舌苔，汇报给医院的专家组，由他们给出个性化中医药治疗。这样的治疗方案，后续看来效果还是不错的。

由于有海南的医疗队援助我们，所以到 2 月 17 日，连续工作 15 天的我结束了第一阶段工作，开始轮休。离开医院时，情况还不像现在这样好转，病人数量也没明显减少，所以领导也让我们做好再来一线的准备。

接着就开始了在酒店的隔离。2 月 27 日，医院告诉我，隔离病区已经从原来的 6 个减少到 3 个，轮休医生也不用再去了。以为再过几天能回家的我，第二天就接到了去工厂协助复工复产的任务。

虽然刚接到电话时我有些犹豫，但是打完电话，我仔细想想，觉得这个新的任务蛮适合我，毕竟我刚从抗疫一线下来，积累了不少经验能够帮助企业做好疫情防控。于是，29 日晚上，我就到了荆州当地一家法资企业的汽车配件生产厂。

当晚发生的一件事更让我觉得自己没来错。原来，前一天该工厂有一对夫妻回来复工了，其中，那名女性工人咳得比较厉害，她的丈夫也有点腹泻。无论是他们本人，还是其他工友，在这个特殊时期，面对这种情况，都是人心惶惶。

在我和我的护士搭档到工厂前，夫妻已经去医院完成了检查。其实两人都没感染新冠病毒，那位女员工是普通肺炎。但他们回来后，情绪还是很紧张，总担心自己会不会被误诊，厂里面也有不少关于他们是新冠肺炎疑似患者的流言。我了解到这个情况后，就跟他们在办公室里进行了一次近距离面对面的交流。

我对他们说：不用太担心，我看过检查报告了，问题不大。如果你真被感染，那我不敢坐在这里跟你这么近距离讲话哟。听完这句话，夫妻俩就笑了。那天我记得我们聊了还挺久，足足有半个多小时，分别的时候，他们的精神状态明显好了很多。后来，其他工人看到我们在房间里接触了这么久，也就放心了。

这件事也成为我最近协助复工复产的缩影。在工厂和医院的工作完全不一样，我之前从来没做过这种工作，所以刚来时也是完全摸着石头过河。我发现，首先得跟工人打成一片，先成为工人的朋友，再来更好地宣讲专业的医疗知识。

另外，在做好疫情防控的同时，又不能由于防疫过度而形成紧张气氛，毕竟我们工作除了防疫，更重要的是要帮助企业顺利复产复工。

将当地防疫经验推广到全球工厂

过去的 10 天，我一直待在工厂里。每天完成日常工作以外，也总结出一些相关经验。比如，我们设计了一套测试题，30% 是关于安全复工，70% 关于新冠肺炎本身。现在来厂里复工的工人，在经过我们的科普后，还得通过这个考试才能上岗。

另外，由于工人们普遍年轻，平时下班后若自感精力旺盛，工

马晓飞在工厂做防疫工作。

友间喜互相串门。但现在特殊时期，这是需要想办法避免的事情。于是我们通过微信群向大家介绍了我们中医特色的八段锦，让工人们下班后在寝室可以自娱自乐，打发掉旺盛精力的同时，又锻炼了身体。

目前我在工厂是24小时待命，只要工人们有需要健康咨询的，就可以随时来找我。除了我们医护人员，工厂还配备了一名专门的药物采购员。在保障安全的前提下，又大大提高了工人就诊的效率。现在是特殊时期，全城封闭管理，工人如果要自己出去看病，既不方便，也不安全。

我没想到的是，这些经验会有朝一日被推广到其他国家的工厂。前面提到，这是一家法资企业的工厂。最近，随着全球疫情暴发，这家企业在其他国家的工厂也面临防控问题。于是，有一天我在和工厂的相关负责人交流时，就想到可以把我们这段时间的做法总结后推广出去。

现在工厂的复工率差不多30%，等到差不多全复工了，我也就能回家了。回家后，我得跟家人说声抱歉。因为作为一名医生，在疫情的考验下，我觉得我交出了一份满意的答卷。但身为丈夫、父亲、儿子，应该是不及格吧……然后，估计也没什么假期，还有我的好多老病人在等着我呢，我继续穿上我的白大褂上班去！

2020 年 3 月 12 日

COVID-19

◆ 汪勇，生长于武汉，是一名普通的"80后"快递小哥，也是个"组局"的人。

一天接送一个医护人员可以节省 4 个小时，接送 100 个就是 400 小时，400 个小时，医护人员能救多少人，怎么算我都是赚的。

采访 | 吴　雪　口述 | 汪　勇

我是个快递员，也是个"组局"的人。

2 月 13 日凌晨 5 点，我在武汉三环外快递仓库的一个高低床上醒来，这个仓库有些特殊，恰好建在下水管道口，潮湿阴冷，我拿起体温计，测了下体温，不超过 36 度。出门前看了下手机日历，原来，我已经 22 天没回家了。

我是汪勇，生长于武汉，是一名普通的"80后"快递小哥，从早到晚，送快递、打包、发快递、搬货，日复一日的拼搏，够得上一家三口开销。每天一睁眼就投入到战斗中的我，像一个上了发条的"陀螺"。2 月初，陆续有记者找到我跟踪采访，从没想过在这场疫情中，会成为新闻人物。

送护士回家，她哭了一路

事情要从大年三十说起，因为疫情的影响，快递公司放假了。傍晚，我关好仓库返回家中与亲人吃团圆饭。晚上10点，打算哄女儿休息时，突然刷到一名来自武汉金银潭医院护士的朋友圈，对方写道："求助，我们这里限行了，没有公交车和地铁，回不了家，走回去要4个小时。"需求是傍晚6点发布的，一直没人接单。

"去还是不去"，当时我很纠结，但又很想去做这个事情。我没敢告诉家人，自己一个人默默地花了一个小时做思想斗争，最后下定决心"去"。老婆是个心理脆弱的人，没经历过什么大事；父母又上了年纪，不能让他们担心。所以，我决定一个人扛下这件事情——用善意的谎言瞒着他们。

第一个问题是怎么出去？发单的护士是第二天早上6点下夜班，我告诉老婆说，网点临时需要值班人员，我被派去值班了，顺

"战疫"这些天，汪勇一直住在公司仓库。

利瞒了过去。当时手里没有任何防护用具，就先去超市买了两只N95的口罩，6点准时到达金银潭医院。护士看到我愣了一下："我没想到有人会接这个单。"接着，她上车，一路上一言不发，默默抽泣，一直哭到下车。

第一天我接送了三十几个医护人员往返金银潭医院，一天下来，腿抖个不停。说实话，我心里很害怕，万一感染了怎么办？我开始打退堂鼓劝自己说："要不算了吧。"但当我看到晚上有护士发单，目的地距离医院有几十公里那么远，没有一个人接，突然又改变了主意。

我又编了第二个"谎言"，告诉老婆说，自己接触了疑似病患，害怕被感染，只能先睡在快递仓库暂时隔离7天，没问题才能回家。开始老婆不听我解释，哭得稀里哗啦，后来情绪稳定后，才算同意。而慢慢的，和医护人员接触多了，我开始明白他们为什么轮休的时候，宁愿走路也要回趟家。

事实上，在全国医疗救援队来之前的一个星期，金银潭医护人员都是连夜奋战，能睡到床的人有10%，剩下的都是靠椅；病人的呻吟声、对讲机24小时呼叫，持续待在这样的氛围里，任何人精神上都难以承受，更别提好好休息了。所以，即便在路上走4个小时，对他们来说，也是短暂的休息。

大年初四，支援武汉的医疗队越来越多，像给他们打了一剂"强心针"。那天，我本来要接一名医生上班，就突然接到了她的电话："师傅，你不用来接我了，我今天可以轮休了。"当时我很开心，我建的医护服务群，进的人也越来越多，我开始发觉自己就算再拼命，也只能满足每天300公里的接送量。

招募志愿者一起接送医护人员

于是，我开始在朋友圈发布消息招募志愿者，硬性要求：必须一个人住，必须佩戴防护用具。如果答案否定，我就拒绝他们。接下来有二三十个人轮流跟着我跑,中间我们跑坏了三台车,后来,六台车基本可以满足需求。但仍然不是长久之计,有人提议可以寻找资源。

我们先是联系上了摩拜单车,他们的投放效率很高,医院、酒店所有的点位,车辆人员一天到位,解决了 2 公里左右的出行需求;紧接着对接滴滴,一个星期左右搞定。为了配合到三环以外金银潭医院医护人员的出行需求,滴滴把接单公里数从 3.5 公里以内直接更改为 15 公里以内。

青桔单车也是三天内对接完毕,投放了 400 台,从运维、费用、投放,专门有个团队管理,一下子彻底解决了出行问题。那些天,每天晚上,我都要抽出 1 个小时,和家人视频演戏,朋友圈发布招募和求助信息不敢对家人公开,但随着出镜次数的增多,任务越来越忙,这件事再也瞒不住了。老婆知道后很慌,我做了思想工作,她最后还是表示支持理解。只是两岁的女儿很黏我,一到晚上就吵着跟爸爸睡,找不到就坐在角落里哭。元宵节那天,看着她趴在我照片上亲了又亲的视频,心里特别愧疚,很想家人。但我明白自己不能停下脚步,驰援武汉的医疗队是我们的"救命恩人",政府给他们安排得有饭吃、有地方住,但细枝末节不一定照顾得到,我们可以查漏补缺,尽我们所能不亏待他们。

最开始我们募集到了 2.2 万元,为倒夜班的医护人员提供泡面和水。后来有一个护士发朋友圈说,好想吃大米饭,我看到后心酸得不行,下定决心第二天一定让她们吃上白米饭,很快就有餐馆老板对接了,16 块钱一份,一天 100 多份。第二天,武汉一家酒楼老板找到我说,可以免费提供盒饭,一天 1500 份,分别提供给金银潭医院、新华医院和协和医院。

就餐问题解决了,但我又发现另一个新情况:对接餐馆的负荷太大了,产能也已经到顶。我开始设想,在现有许多资源倾斜的情况下,我们能不能有一家专门的供餐餐厅。我很快开始落地实施,一天跑 20 多家餐厅谈合作,一家家地问能不能免费或低价给我们用场地和员工，很快，金滏山餐厅的老板，与我们一拍即合。

2月5日，金滏山餐厅开始供餐，两荤一素，很快满足了金银潭医院的就餐问题。剩余的产量，每天供应给滴滴司机240份，既然别人是来帮助我们的，我们就不该再把风险转嫁给别人。可惜的是，2月7日，武汉当地的食品安全部门登门查封了这家餐厅，要求停止营业。原因是在疫情关键期，只允许几家指定单位生产供餐，且该资质目前无法申请。沟通一天未果，无奈之下，我们联系了几家定点供餐单位，对方说一份盒饭成本价40元，我们募集的资金根本负担不起。

我当时挫败感很强，但随后事情又开始出现转机。武汉一家本地企业"Today便利店"解决了用餐问题：每天提供金银潭医院所有支援团队的用餐，以及每天支持滴滴车主免费午餐300份。那天，我终于松了一口气。

我没有任何资源，但一呼百应

我是一个没有任何资源的人，但一路走来，特别感谢追随的志愿者和大企业的帮助。大家都在为这个事情努力，我只是一个"组局"的人。出行、用餐——每组一个局，我就交给一个人管理，再腾出手来做其他事情。因为平日里和医护人员接触的多，他们的现状我最了解，生活上的支援也是必不可少。

比如，眼镜片坏了，手机屏碎了，需要买拖鞋、指甲钳、充电器甚至秋衣秋裤，在群里通过接龙喊一声，很快就有专人采购，帮他们搞定。记得有一次，上海医疗队的两名医生过生日，我们帮他们买了蛋糕，过了一个难忘的生日；还有一次，因为医院里空调不能开，医护最缺的是用来保暖的无袖羽绒服，我们把商超的羽绒服买得一件不剩，又在广州定了1000件优衣库的衣服。

印象最深的一件事是，医护人员需要一批防护鞋套，整个武汉

汪勇组织志愿者为上海医疗队购买庆生蛋糕。

市都断货，后来在淘宝线上找到一个商家有货，但在距离武汉市区55公里的鄂州葛店，因为商家也是一名新冠肺炎确诊患者，发不了快递。我连夜开车去取，带回来了2000双。

我每天不停地做事，不停地解决问题，不知道自己什么时候停下，但只要医护人员呼唤我，我随时都在。截至目前，我们一共对接了1000名医护人员，接下来还要对接3000名驰援武汉的医疗队。

人这一辈子很难碰到这么大的事情，不管做什么，尽全力做，不后悔。其实想想，我开始做这件事的初衷很简单，一天接送一个医护人员可以节省4个小时，接送100个就是400小时，400个小时，医护人员能救多少人，怎么算我都是赚的。

2月13日晚，妈妈的朋友看到了我的视频，电话告知了妈妈，对我表示极大的支持。在亲戚朋友眼中，我从小都不是省心的小孩，直到现在父母还在为我操心，帮我带孩子，补贴我的家用，还好，这次办的事儿没给他们丢脸。

发表时间：2020年2月15日

◆ 李修文，湖北省作家协会主席。

疫情面前，希望自己多一些冷静和理智。

在这样一场灾难中，如何保障人的尊严、人之为人的根本，已经成为每一个作家必须面对的问题。

采访 | 何映宇　口述 | 李修文

武汉"封城"的第二天，我原本准备一早就回湖北荆门老家过春节。我也没想到会"封城"啊，结果就走不了了。我老家也有几百例感染新型肺炎，我也非常担心父母的情况，但没有办法，现在只能是"一种相思，两地哀愁"。

我的生活习惯平常晚上睡得很晚，因为原本第二天要回老家，我就早睡了，准备第二天早起，谁想得到凌晨2点发了通知要"封城"。既然走不了，那就买了很多菜，囤积着，以备未来之需，一直吃到今天。

迄今为止，我已经14天没有外出了。现在武汉大街上基本上空无一人，只有仅剩的几家药店还开着。

灾难文学的唯一伦理，就是反思灾难

最恐慌的是现在

我楼下就有疑似感染的病人。好多朋友说要给我寄东西，但都被我拒绝了，我们这栋楼有了病例，如果快递小哥再被感染了，那就会影响更多人。这不已经有新闻报道快递小哥被感染上了吗？现在武汉唯一还有的快递就是顺丰，顺丰小哥到我们这里的时候，我会跟他们说，你进我们小区不要进我们这栋楼，因为已经有了疑似病例。

最恐慌的是现在！

你知道恐惧也是分层的，前一天的恐惧和今天的恐惧是不一样的。老实说我前两天并没有觉得多么恐惧，但是现在我明显地感到了大家的恐惧在升温！因为大家都不知道什么时候是个头！湖北通知的是 2 月 14 日上班，我认为可能做不到，即使是坐班的话，也可能是极少数一部分人。目前看来，我们还要做好长期的准备，我们要有这样的心理准备。

我个人非常反感朋友圈里"把武汉还给我们，把我们还给武汉"这样的口号，它们忽略冒犯的是一个个个人的具体处境。此时此刻，还有多少人住不上医院，还奔走在各大医院之间？他们是该指责的对象吗？这难道不是求生的本能吗？如果我有了疑似的症状，今天住不上医院，那我明天早上要不要去看看能不能住院？那他不就成了移动的病毒传播者了吗？可是，这能怪他吗？我绝不会像有些人那样说什么他们就应该待在家里，不应该跑出去把病传染给别人，如果那样的话就没有天理了，那人之为人的基本条件都全部摧毁了！他可以被隔离，待在家里，但要有人管他啊！

就我所了解的情况，我身边认识的人得病的越来越多，离我们自身越来越近。我前两天还可以下下楼，这两天我怎么下楼呢？前两天还可以通风，这两天怎么通风呢？我楼下就有了几个疑似病例。

湖北省作家协会主席李修文。

因为还没有做上核酸检测，只能居家隔离。在我看来，这样的办法是有问题的。人的求生本能必然要求他出门为自己的生存呼喊，而在求救的过程中，他也可能成为一个传染源。

即使要隔离，也应该像昨天下的通知那样，及早地征召宾馆、体育馆等场馆。武汉现在号召"社区负责制"，但实际上社区做不到，因为防控是一个专业性很强的事，如果没有专业人士来负责，因此我认为实际上这是无效的。现在唯一可信的就是仪器，仪器在医院，当然就要奔向医院了。

想写点东西，根本做不到

我觉得现在武汉缺乏一种清晰而有力量的声音，在巨大的恐惧和困惑之下，所有人都在猜疑和苦熬。如果有人得了病，他会不断回忆自己曾经与谁接触过导致自己被感染，长此以往，心理上肯定会出问题。现在我不知道我们接下来还要封闭多久，很难对时间做出某种规划。事实上，在这样的心态下，我什么都做不了。我是个作家，很多人说你可以写作啊，那怎么可能？生活已经把你打回了原形，水落石出之时，你就要承担一个人在这样一个境遇下的职责，尽一个人的本分。至于写作，那是以后的事，而且我认为灾难文学的唯一伦理，就是反思灾难。

"封城"之前，1月4日我去南宁出差，同行的一个青年作家对我说，情况可能比较糟，当然他可能也只是一种直觉，谁也料不到情况会恶化成这样。那天我戴着口罩去的南宁，到了南宁晚上吃饭的时候，大家还笑话我说：你果然来自武汉啊。回来之后开"两会"，市里开完省里又开，这么大型的集会，大家就觉得这应该没事了啊。我们都没有想到疫情会发散和扩展到这样的地步。这一次的疫情，传染性太强，潜伏期太长，这就是它比 SARS 可怕的地方，传染者他不发热，也没有其他症状，你怎么知道他被感染了呢？

我特别觉得这次灾难中的年轻人非常可怜，比如说我认识的一个年轻人，他大年三十的晚上就已经发烧了，高度疑似。到我们这个年纪，在这座城市中，多多少少有点资源，可是年轻人不一样，他们刚到武汉没多久，20多岁，刚刚毕业，刚刚结婚，如果又是外地来武汉的人员，他们在武汉的人脉资源就更要比我们少得多，他们还没有享受这座城市给予他们的便利，就遇到了这样的危机，很容易就乱了方寸。生了病没有办法确诊，没有办法住院，他们内心的焦虑、压力你都能感同身受，可以说是走投无路。

一个大学老师，她的老公和父母都已经感染了，好像父亲已经去世了，她自己也高度疑似。在"封城"的情况下，她半岁的孩子谁来带？她发出的求救之声多么悲哀，已经不是救她的命，而是谁来救他们的孩子的问题了。

看见的、听见的全是生离死别啊！

我很反感一种说法："武汉按下了暂停键。"这是暂停键的问题吗？好像恢复了暂停键，一切就都恢复正常了似的。2008年汶川大地震的时候，我去过汶川，我一个巨大的感受就是：创伤将永远停留在它遭到创伤的地方，一辈子都无法弥补！

本来确实打算写点东西，但实际上根本做不到。尤其我在网上看到一个视频：殡葬车在前面开，一个小女孩在后面跟着喊着妈妈妈妈。看到这个视频，我就受不了了，我的心特别乱。我所在的小区比较大，有一天我还听到一个中年男子在喊妈妈，那天又下着雨，真是"昔日戏言身后意，今朝都到眼前来"，它迫近得太厉害！那天以后我的心都是乱的，也没法写作，也读不进书了。

我认识的朋友染病的越来越多，所以接到的求救也越来越多。我的同事、熟人，不管是疑似还是确诊的，我尽可能帮他们做做协调：怎么样能做上检测，怎么样才能住进医院。但是前几天还有些医院的朋友可以帮帮忙，这两天根本就不行了，连医院里的医生、护士自己得病了都住不上，这真是真实的绝望。我倒没有那么矫情地说什么"写诗是可耻的"，但确实，个人生活和个人内心的一道分水岭已经产生了，所以你很难再像过去一样生活。

我有些医护朋友，我每天都和他们聊聊天。我有个特别好的朋友，是协和医院的护士长，他们自己缺防护服，防护服根本不敢脱。湖北省红十字会的情况我不是很了解，但是协和医院缺防护用品是千真万确的。有一天，她中午给我发了个微信语音，说她女儿在北京没有口罩，问我能不能帮忙解决。我也没办法，我是有口罩，但是我也寄不出去。后来我就叫我的朋友们，几个几个的口罩给她女儿寄过去。

加缪《鼠疫》我经常读，但是我不太喜欢那种通过一部小说来认识一个民族的处境。我觉得我们现在的问题都在鲁迅先生的笔下被展现被揭露过。我有一个非常深的印象，双黄连可以抑制新型肺炎病毒的新闻出来后，网上一下子冒出来很多嘲笑购买双黄连的人的智商的各种段子，我看完以后特别愤怒！你和他们难道不都是可怜人吗？嘲笑他们，你和那些吃人血馒头的人有什么区别呢？嘲笑一个和你一样悲惨的人，和鲁迅先生笔下批判的人们有什么不一样呢？

我们如何通往自己的现代性，固然跟我们这个国家这个民族有关，更和这个国家这个民族里面具体的人有关。我们每个人都该承担起自己的责任来，每个人都应该尽可能地做好自己这个人，否则就是几千年的悲剧不断循环往复，事实上，像这样的事历史上一再重演过。

宁浩导演很担心我，每天都会和我通电话或者微信联络。我记得当初拍《疯狂的外星人》的时候，大家还说，中国人是我们拍的这样吗？为什么不去拍《战狼》这样的电影呢？《疯狂的外星人》本质上是通过科幻的外衣来反思中国国民性的一部电影。它还是走在鲁迅先生所开创的道路上，刻画人物的时候，我们脑子里想的，就是这个人物的身上有没有阿Q的影子。我觉得我们现在真的要重新从鲁迅出发，反思中国人的国民性，无论在灾难之中，还是在灾难之后。我觉得经此一事，它可能成为中国作家重新出发的一个起点。

很多作家在写目前的灾难，但我写不了，就算要写，也希望自己多一些冷静和理智，就像我刚才讲的：灾难文学的唯一伦理，就是反思灾难。在这样一场灾难中，如何保障人的尊严、人之为人的根本，已经成为每一个作家必须面对的问题。

发表时间：2020 年 2 月 11 日

◆ 池莉，武汉市文联主席。

我有一个强烈的呼吁！

> 疫情面前，强烈呼吁"将隔离进行到底"。
>
> 唯一的方式就是隔离，继续隔离，将隔离进行到底。

采访 | 何映宇　口述 | 池　莉

已经呼吁多天了，要采取切实隔离措施与行动到社区！人们为了买食品蔬菜还在超市拥挤，极容易造成再次感染传播。武汉疫情还在蔓延攀升。为什么不能"配给制"送菜到社区？公交车和单位公车都闲置着，为什么不动用全社会力量进行彻底隔离？纵然有再多医疗支援，抵挡得了烈性传染病的不断再传播吗?！

眼下新型冠状病毒爆炸式的传播方式，是教科书上都没有见过的。对待烈性传染病，唯一的方式就是隔离，继续隔离，将隔离进行到底。所有隔离家庭急需的粮食蔬菜，我建议有条件的社区，直接从蔬菜公司的田间地头或者仓库送到各个社区，然后以"人不见人"的方式扫码交易，老弱病残家庭的粮食和蔬菜，由社区工作人员送上楼；没有条件的社区居民，可以通过网络寻找到活跃在附近社区的骑手小哥，依然以"人不见人"的方式付费交易，请他们把粮食和蔬菜送到家门口。

"霍乱发生的那一天没有一点预兆。天气非常闷热，闪电在遥远的云层里跳动，有走暴迹象。走暴不是预兆，在我们这个城市，夏天的走暴是再正常不过的事情。"这是我写的《霍乱之乱》的开头。

《霍乱之乱》写于 1997 年 5 月 21 日的汉口，发表于 1997 年第六期《大家》杂志，这是

武汉市文联主席池莉。

来自我个人专业工作经历的小说。我曾经做了三年的流行病防治医生，当我不得不离开卫生防疫部门的时候，我觉得我应该把自己的担忧写成一部小说：人类尽可以忽视流行病，但是流行病不会忽视人类。我们欺骗自己是需要付出代价的。

今年，我亲身经历了这样的"代价"。

2020 年 1 月 22 日夜将近 23 点的时候，单位突然来电话，紧急通知：从明天起，武汉市民实施隔离。我立即将家中食品蔬菜分为十四天的等分，每天少吃一点，吃得尽量简单一点，争取不要因为买菜而必须外出。但让我痛心的是，我看到不少人因食品短缺，去超市买菜，超市里可怕的是人与人接触，会造成再次传播与扩散，直接影响你和家人以及他人的生命安全，很可能导致武汉隔离前功尽弃。所以我在自己的生活小区微信群里发出了《给物业与业主的6 条建议》，建议大家管住双腿，共同努力。早发现、早隔离才能最

有效防止病毒传播！尽管今天科技发达，但这还是迄今为止最有效的传统方式。只有让病毒吃不到人，这种新型冠状病毒才可能慢慢被饿死！

我现在是所在生活小区的一名热心义工。最近的我比平时的写作生活更加忙碌。我觉得在疫情面前，人人都要有慈悲怜悯之心，在保护好自己的同时要竭尽所能帮助他人，做一些具体有用的、对防疫有利的事情。

在这场疫情面前，我们每一位市民都要反思：我曾经做错了什么？我生活方式的对与错在哪里？我怎样与大自然相处的？我为什么非要吃野味？这次疫情公布是否有延误？应该如何纠正补过？只有有效的、深入的反思才能不让悲剧再次发生。

这个时候我们需要的不是宣泄情绪，讲大道理，也不需要高调的口号，需要的是我自己应该怎么做，才能够对防疫有利。这段时间，我也看到还有人以爱的名义、情的借口，大肆地泛滥爱与情。爱与情，都是好东西，然而绝对不可以滥用。这是一场战争，战争必须让廉价的爱与情走开！唯有将严格隔离坚持到底，人类才有可能赢得胜利！😷

发表时间：2020 年 2 月 7 日

战疫小『网红』子岚写了一首诗

『武汉啊，我亲爱的武汉！』

COVID-19

◆ 余烺天，战疫小"网红"子岚的妈妈。

我和子岚说，在这种黑暗的时候，哪怕一点点的善意，都能给别人带来温暖。哪怕只有一点点的光，也要努力去发出来，去照亮黑暗。

采访 | 刘朝晖　口述 | 余烺天

我是子岚的妈妈，因为在"快手"上播出自己作为武汉市民日常抗疫生活的视频收获百万观看，子岚这个初三小男生一下子在网上"火"了，这让我实在没想到。

1月19日的晚上，我带着孩子去上了补习班，一起吃了宵夜，还和其他同学的家长聊天，讨论是不是带辛苦了一个学期的孩子出去旅游一次，然而大家就觉得形势有点不对。大家决定把补习的课停了，旅游计划也暂时搁置，互相提醒着囤点菜在家里，买一点口罩和消毒用品什么的。

一切来得猝不及防。1月23日早上起来，我从微博上看到武汉"封城"的消息，一下子挺慌的，因为从来没有经历过这样的事情。

子岚正在家里练琴，我跟他说：哎呀！怎么办呢？城市被封住了。子岚问我：妈妈，"封

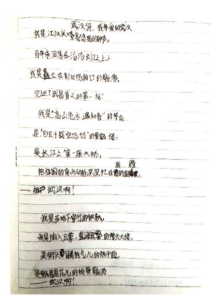

央视播出的三集微纪录片《武汉：我的战"疫"日记》之一《找乐子的子岚》的海报。

子岚用自己的真情改写的诗歌作文《武汉啊，我亲爱的武汉》。

城"是什么意思？我说就是不能随便出去了。结果子岚说："封城"有什么了不起的，封什么也封不住音乐！音乐是有力量的，封城封不住欢笑，封不住欢乐！

现在想想，子岚当时的这句话让我真的很感动，一直感动到现在。我一下子平静下来，没有那么慌了，觉得孩子长大了。

也许他是幼稚，是天真，但孩子这样勇敢，也给了我们大人勇气。我说，好，那爸爸妈妈就陪着你，我们一起试一试，看我们是不是真的可以挺过来。就这样，我们全家留在了武汉城里。

"封城"之后，很多亲朋好友，包括在国外的，都打来电话问我们的情况。我答复他们，我们就在家里弹弹琴，学习唱歌，还挺安生的。最重要的是家里没有人生病。好多人不相信，反复问是不是真的呀？后来我就说，我每天拍一段家里的生活视频给你们看看，让你们安安心吧。

我在"快手"上注册了一个账号，名字叫"我是子岚"。这是我第一次玩这种手机视频软件。第一天上传了一分钟的视频，主要就是子岚练琴和几张日常照片剪辑组合的。后来内容基本就是子岚练琴、练字、锻炼身体什么的，有时候上街买菜，街景也拍几张。每天上传发布一条，就像在拍一个封城日记，一直坚持到现在。

正月初一那天，我们在家稍微搞了点仪式，包个饺子，烤个甜品。打开手机一看，视频点击量居然上了百万，有几万个点赞。评论留言里，是全国各地以及武汉本地的网友在为我们加油，为武汉人民加油。这可能是我第一次感受到网络的力量如此巨大。

我们宅在家里不能出去，但可以感受到很多很多人的支持和鼓励。也许有人会说，这种口号支持是很空洞的，但是你如果真的在这个疫情的中心，你就会觉得就算那一点点鼓励，也是很宝贵的。

子岚从小学音乐，这是他最大的兴趣爱好。什么钢琴、木吉他、电吉他都玩，有的时候还打鼓。在音乐上他还是有一点点天赋的，所以他觉得学习乐器没有那么枯燥，也并不困难，对他来说挺好玩的。现在他除了上网课，每天上午和下午都要练琴，差不多两三个小时。有空我们就陪着他，跟他一起弹啊唱啊，玩到一起。

子岚的视频在"快手"上火了之后，央视的编导打电话给我们，希望以我们的视频再添加点素材制作节目。2月11日晚上，《武汉：我的战"疫"日记》三集微纪录片在央视纪录频道播出，说的就是子岚和他同城"战友"们的故事。

为了向奋战在前线的医护人员，以及从四面八方支援武汉的叔叔阿姨们表达感谢，子岚专门和爸爸原创一首吉他曲献给他们。他在片子里说："每天在新闻里看到这些人和物资，正源源不断地来到武汉，我们心里踏实多了。谢谢大家。"

片子播出后，亲戚朋友，还有子岚以前的小学老师打电话过来，说没有想到他一下子长得这么大了，印象里他还是一个小孩子。有人问，子岚现在变成"网红"了，你们有什么感想？其实我们和子岚一样，没什么太大感觉，他只是个14岁的初三学生，今后要走的路还长着呢。

子岚也觉得没什么值得炫耀的，他说，妈妈，我们"快手"的粉丝才一百多个，没什么了不起的。孩子就是孩子，那天片子播出时，他兴奋地对我说："妈妈你看，电视里有一个子岚，电视外有一个子岚，两个子岚，多好玩。"

每天在"快手"上的记录分享，也让越来越多人走进子岚的生活。"加油孩子，你是最棒的。""你们是未来的希望，好好学习是对那些帮你们的人最好的回报。""一切都会好起来的，武汉和中国的明天一定会因你们而更加灿烂美好。"……网友一声声的支持和鼓励，让我们和子岚都对战胜疫情更加充满希望。

孩子和我们每天一起看新闻，每天会问我，今天确诊人数有多少了，今天有没有死亡的人？他会觉得这个数字有点夸张，很可怕。一开始，他可能还是处于一种天真的状态，有点盲目自信和盲目乐观，觉得无所谓。但是二十多天下来，他自己对这个形势有了更深入的认识。

我告诉他，那些数字曲线，和什么钢产量、粮食产量曲线不是一回事，后面是一个个的人和生命。我们虽然比较幸运，没有感染，

在拍摄练琴视频时，子岚特地写了一幅书法"武汉加油"，以此来为武汉的人们鼓劲。

但是有很多很多痛苦的人，需要去关怀，需要去支持。我和子岚说，在这种黑暗的时候，哪怕一点点的善意，都能给别人带来温暖。哪怕只有一点点的光，也要努力去发出来，去照亮黑暗。这一点一滴，都能坚定我们的信心。

那天我带他一起出去买菜，路上只有清洁工和交警。我跟子岚讲，街上没有人了，只有这些人还在这里坚持，我们应该跟他说一声辛苦了。子岚说，对，我们应该让他们一起加油！经过一名环卫工人时，我就喊：辛苦啊，师傅！虽然是我提议的，但我是个大人，对着陌生人这样喊出来感觉有点尴尬，声音特别小。但是子岚这个孩子很单纯，他真的上前大声地对那个环卫工喊：师傅加油！那个环卫工吓了一跳，等转过身来，虽然戴着口罩，但是看得出他特别高兴。

后来子岚遇到每个环卫工、警察、小区门卫都会大声问候：您辛苦了！他们有的笑一笑，或者是点个头，或者是伸出赞的手势，我觉得那种感觉特别好。对孩子来说，这也是一个很难得的成长经历。

昨天的语文网课，老师布置了一道作业，是改写舒婷的一首诗《祖国啊，我亲爱的祖国》，把它改成《武汉啊，我亲爱的武汉》。上午十点钟下的课，说是到晚上交作业，结果子岚不到半个小时就写好了。他把作业拿给我看，一下子又把我给感动坏了。

我是江汉关嘹亮悠扬的钟声，
百年来回荡在滔滔长江之上。
我是矗立在彭刘杨路口的雕像，
见证了武昌首义的第一枪。
……

我觉得他写得太好了，我没有想到一个小孩子，对武汉的这些景物如此熟悉，有些地方他都没怎么去过，没想到他对武汉的感情有这么深沉。

子岚其实作文写得不怎么好，但是这次是完全发自内心情感的写作。我很惊讶，孩子真的成熟了，长大了。我对子岚说，这是你自己的人生，你自己没有意识到，你已经深深地把根扎在这里了，跟这座城市已经不可分割了。

　　　　　　　　　　　　　　　　　　发表时间：2020 年 2 月 15 日

保卫汉语，这是我写这篇文章的初心

◆ 韩晗，武汉大学国家文化发展研究院副教授、中国作家协会会员。

人类历史上每一场大的疫情，对于文化的影响都非常巨大。我们应当通过这场国难，思考中国文化未来发展可能遇到的困境，努力将其转变为发展机遇。

采访 | 孔冰欣   口述 | 韩 晗

呼吁大家重视传统文化，保卫母语尊严

关于"风月同天"和"武汉加油"孰优孰劣？我并非强调二者的可比性，只是希望以此为切入点，呼吁大家重视传统文化，保卫母语尊严。

起因是我的好友盛静教授负责学术公众号"语言与安全"——其内容并不特别面向大众，是比较纯学术的，她邀请我撰稿，我答应了。那天晚上我正好有空，差不多花了一个小时的时间，最后成文《为什么别人会写"风月同天"，而你只会喊"武汉加油"？》，给盛静拿去用了。

坦白讲，我们从未想把这篇文章推成一个

韩晗疫情期间在家读书。

"爆款"，毕竟我的这篇文章也比较学术。发表之后，舆情远非我们所能控制，从破十万到破百万只用了 24 个小时，整个过程一开始让我们很惊讶。旋即引发了社会各界的关注，包括六神磊磊、胡锡进等大 V 又开始跟进，讨论这个现象。

我的文章实际上是探讨修辞问题，这是非常学术的范畴。后来听说，文章"走红"之后，一些海外媒体也介入讨论此事，个别评论措辞可能有些偏激，这些我都没有关注。用罗兰·巴特的话讲，文章一旦写成，就是"作者已死"，人家怎么写读后感，作者没有资格干预。后来有一家地方媒体的官微发了一篇影响更大的评论，可能并非针对我那篇文章。但我看了之后，唯一的感觉就是这篇评论在写作上有很多不足之处，起码修辞就有问题。后来 CGTN 记者杨学敏女士采访我，CGTN 刊发了英文采访稿，我仍谈的是修辞问题，目的是立足传统文化，保卫汉语，这是我写这篇文章的初心。

关于这个问题，我的立场是："武汉加油"当然没问题，但我们不能只会说"武汉加油"，好的修辞是多元化的，这需要我们面向传统，培养汉语的语感与审美能力。

因为疫情，取消了赴日旅行

我的父亲是在武汉出生长大的，我在黄石出生长大的，两座城市相隔 70 公里，日常生活有很多交集。我念大学本科时在成都的西南民族大学，硕士在中国传媒大学，博士在武汉大学，博士毕业后，我在北京的中国科学院工作了两年，因为工作需要，又在美国住了将近一年，之后又去了深圳大学，工作了三年，十几年折腾了四五个城市和两个国家。

如今，我"转会"母校武汉大学，也是响应了当时武汉市委书记陈一新同志提出"资智回汉"的倡议。不过，谁也没有想到，第一个学期刚刚结束，第二个学期尚未"启程"，大家就碰上了新冠肺炎疫情这么大的事件。

这场疫情之前，我和妻子有年后赴日旅行的计划，初步计划是去京都、大阪和奈良，因为这些地方既有学界的朋友，也准备京都的书店去买一些旧书，目前我们的护照还在日本驻华大使馆。我们是原本计划回来过年的，过完年我们就从武汉飞大阪。疫情发生后，"封城"始料不及，如今我们一家人都"困"在黄石，日常生活虽有不便，但没有什么现实大问题。

唯一觉得不太习惯的就是无法出门散步或慢跑了。我有日行万步的习惯，这个习惯已经坚持了十几年，以前在全国各地工作时，都有慢跑的习惯，像深大校园的绿道、清华校园内，都是我经常跑步、散步的地方，眼下却陷入了无路可走的局面，你说人在家里，能走到 5000 步就非常了不起了；真走到 10000 步，一定是"微信运动"的前三名，完全有可能被人误认为是"非法活动人群"，起了举报之心都有可能。

好在吃饭问题在我家不是问题，食物供应充足，父母和我们在一起，我父亲去年底正好退休，他厨艺甚佳，目前是他在家里做大厨，所以吃饭问题上我很幸运，不会存在吃十多天泡面这种遭遇。至于精神生活方面，我和妻子都是大学老师，平常除了散步也是"宅日常"，现在也无非还是看书、看电影、写东西，然后给学生上网课。

我任教的武汉大学，因地处疫情的中心区域，开学时间肯定要延后，且延后的时间或相对较长。而我看到，身边不少高校教师朋友，纷纷在朋友圈吐槽"网课"的不合理性，我与几位朋友闲聊之后，了解了大致情况。

我身边很多同行，过年要回老家，有些朋友在武汉安家十几年了，回一趟老家等于度假，考虑也就一周左右的时间，而且又是赶春运。所以，当时很多人离开武汉时，都是仓促离开，包括我在内。谁也没想到年前会下一个漫长的"封城令"，所以很多同行返家过年时，笔记本电脑、移动硬盘、教案与资料等等，都没有带齐，现在要上网课，这对于大家来说，当然是一个不小的挑战，有些有孩子的同行，连孩子的练习册、课本也没带，只想带孩子回老家放松几天，现在小学生也要上网课，这下就穷于应付了。

这方面，其实武汉大学考虑比较周到，不强制要求你用哪个网课平台，微信群也行。但有些学校，尤其是中小学，听说一定要求某某平台，而有些平台对网络环境要求很高，一些乡村、偏远地区根本没有高速光纤或是 4G 覆盖，这对于很多老师、学生来说，确实是一个很大的现实问题。

正在思考疫情对未来中国文化的影响

2月17日下午，我在微信上"开讲"了新学期的第一课，主要给武汉大学新闻传播学院的学生们讲中国现代文学，方式是微信语音，然后在群里与同学分享电子书。

目前我在武汉大学国家文化发展研究院工作，给武汉大学新闻传播学院的本科生授课。之所以请我来讲"中国文学（下）"，很重要一个原因是我的博士学位是中国现当代文学专业的，2007 年我就加入了中国作家协会，目前我的研究是中国现代文化产业史，这与中国现代文学关系密切。

我认为，新闻专业的学生，作为人格奠基的文学教育非常重要，中国现代文学史与中国新闻史的关系也非常密切。因此，我想借此机会谈谈新闻与文学的关系，谈谈怎么理解中国现代文学与时代的联系，当然更想和大家一起谈谈，新闻人如何靠良知与"笔杆子"立身。

这堂课之后，我觉得武汉大学新闻传播学院同学们的素质非常高，我预留了交流时间，大家都是大一的学生，提的问题却很专业，有些同学加了我的微信，追问了许多问题，我觉得线上授课的效果可能不一定比线下效果差。

因为工作需要与个人学术兴趣，最近我一直在思考这场疫情对未来中国文化的影响。我有一个基本判断，这场疫情或将影响未来中国文化的发展走向。疫情是一面镜子，照出了我们这个社会里许多闪光或丑恶的东西。一些问题看似简单的伦理、道德或是法律问题，但却在根本上事关未来中国文化的走向，既包括修辞、舆情等微观问题，也包括国民性问题、国家文化形象传播与民族文化认同等重

韩晗原文首发在公号"语言与安全"上。

大问题，这些问题有些迫在眉睫，但有些是需要从长计议的。

因为我本人处于疫情的中央，又从事文化研究，所以我对疫情的感触尤其深刻。人类历史上每一场大的疫情，对于文化的影响都非常巨大。这在历史上都不鲜见，无论是 14 世纪的英国黑死病，还是 20 世纪 10 年代的世界大流感，这些公共卫生事件都深刻地改变了人类文化的发展方向，当然不能简单说它对文化的影响是好还是坏，文化不是经济更不是股票，其发展不能用简单的涨跌来衡量。作为研究者与写作者，我们应当通过这场灾难，思考中国文化未来发展可能遇到的困境，努力将其转变为发展机遇，并作出自己的判断与建议，这是我们时刻应去想、去做的事情。

发表时间：2020 年 2 月 18 日

病毒围城，我用音乐治疗悲伤

◆ 冯翔，前精神科医生，《汉阳门花园》的词曲作者、音乐人。

我一度后悔自己离开了医生这个职业，他们那么缺人，我却不能跟他们一起冲上去。难过、绝望、内疚……

采访 | 陈 冰　口述 | 冯 翔

"有现在的结果已经很好了"

1月21日，我去武汉市心理卫生中心开音乐治疗课，也差不多是和里面的病友做个联欢，毕竟快过年了嘛。当时去的时候，我根本没戴口罩，还是护士给了我一个。实际上，虽然我当时唱着歌，但已经感到一点联欢的气氛都没有了。护士在那教家属怎么样回家，怎么样洗手，应该怎么戴口罩。临走时，护士长问我要不要口罩，我说不需要，家里有。我当时就把它当做一个流感来防备的。

回家一看，我发现我买的口罩全部都是防雾霾的那种，没用。我就问当初要给我口罩的护士长，能给我一些口罩吗？她说，他们也没有了，要是需要的话，可以给我一个。我当时

就意识到问题的严重性。

从 1 月 22 日开始，我们一家 6 口就坚决不出门了。只有需要采购基本生活物资的时候，才由我做好防护出门一趟。回来以后，赶紧全身消毒。尤其是吃的东西，把可能感染过病毒的食品拿回家，都不处理就吃了，或者拿清水稍微冲一下就吃了，绝对有问题！我们普通人，在家里保证全家人的安全，就是最大的帮忙。

我是学医出身的，1986 年毕业于同济医科大学，后来到人们熟知的"六角亭"精神病医院做了一名医生。因为从小就喜欢吹拉弹唱，一直想做个文艺青年。结果被家人"忽悠"，走上了靠医学拯救生命的道路。但是"六角亭"工作带给我的是深深的挫败感，2005年，我从医院"逃跑"了。

我北漂京城搞了十年的音乐艺术，最后又两手空空地回到了武汉。没想到，《汉阳门花园》让我红了。前几天，全球 19 个国家 50位音乐人一起联手演唱了一首为武汉加油的中国歌曲《在路上》，我很荣幸作为武汉音乐人的代表，用英文演唱了歌曲的开头部分。

对于这次疫情，我自己一直都很难过。因为我是医生，更知道这个事情的难度。病毒没有时间让你去想啊，所以，就全世界任何一个国家来说，我们有全世界最好的动员能力、最大的防护用品生产规模，加上后来坚决的措施，有现在的结果已经很好了。

实际上，人类对于疫情根本没有做好准备，特别是精神上的。我们以为我们有经验了，经历过SARS、中东呼吸综合征（MERS），可是当疫情真正来临的时候，你会发现过往的那些经验都不管用了。

当你知道是这样的情况的时候，你就不会觉得自己特别不幸或者幸运。不是说我换个地方或者我换一种方法可能就好了。在这种环境下面，你就会遭受这样的灾难，这让人特别难过。

还有一方面也让我感到很难过。医生护士冲在前头拼命。不是说英不英雄的问题，你只有一条路，就是当英雄。其实很早的时候，大概1月10日不到，我同学、金银潭医院的院长张定宇就开始每天拼命地扩大隔离病房了。金银潭就是个专业医院，不像协和、同济那种大医院，就那么点东西，那么点人，能扩大到多少？无论怎么拼命，病房一直不够，医护用品也一直不够，全院的医生全调动起来了，也没什么特别的防护，戴个口罩帽子就冲进病房治疗病人了，随时随地，你就有可能变成病人了。

我年前去的武汉市精神卫生中心也沦陷了。2月9日，媒体报道里面至少有大约50名患者和30名医务人员确诊感染了新冠肺炎。好些我的前同事们，自己都被感染了。然后，在隔离病房里，他们就一边在做患者接受治疗，然后一边又做医生再去看病。有个到最后实在看不动了，自己的双肺全白了，成了重症患者。

我一度后悔自己离开了医生这个职业，他们那么缺人，我却不能跟他们一起冲上去。难过、绝望、内疚……

每次看那些新闻，我的心都要碎了，我一边听、一边伤感，眼泪不由自主地夺眶而出。人老了，为什么容易流泪，大概是因为眼睛代替了嘴巴所说不出的悲伤吧。

用音乐疗伤

是啊，我不能怪商家没有准备我想要的菜；不能怪邻居得了这个病，还传染了别人；不能怪政府"封城"了、封路了、封小区了，我们哪儿都不能去了……

所有的一切，我只能承受着。但是人承受这种东西一定是有极限的，只要有一天承受不下去了，就会开始怪某个人，怪所有人，怪这个世界。我媳妇说，你不能老这么颓废吧？总得干点能干的事情啊。

我想我不是搞音乐的嘛，然后我还学过音乐治疗。这种情况下，人一般到了晚上就特别亢奋。发帖，造谣，辟谣，互相争吵！要不我就给大家唱歌，让大家晚上能够安静下来，平复一点。实际上，心情烦躁的时候，听点民谣确实能缓解一下。因为民谣都是在讲故事，而且，基本上不会是晦涩难懂的故事。其次，民谣的音乐都是和口语有更强的相关性，它能让你听到一个"人"在跟你倾诉，而不是一个高高在上的"ICON"在展示。

所以，我就先试了一下微博直播。第一次我自己感觉很好，觉得自己安静下来了，怨天尤人的情绪也转移了。做了大概三四次之后，网易云音乐正好在做卧室音乐节，邀请我参加，和全国的音乐人一起，用音乐给大家疗伤。透过手机屏幕，我们就好像站在每个人的身边唱歌，所有的怨气竟然神奇地消失了。就在那短短的一个半小时里，我们每一个参与其中的人，似乎都获得了短暂的救赎。

我还参加了一个全国性质的心理援助项目，2月18日给方舱医院里面的医患做了一次讲座，讲一些关于音乐治疗的方法，告诉大家怎么用音乐这个工具让自己的情绪平复下来，或者说减缓自己焦虑紧张的情绪。在旋律、和声及节奏的语言之中，隐藏着控制我们情绪的密码，就像亚里士多德说的，"借由音乐，人们将感受到正确

冯翔在汉阳门江边录《汉阳门花园》。

的情绪"。音乐可以引发我们体内的恩多芬大量释放，令人精神愉快，心情舒适。

我在这个课上边唱边说了一个半小时，一件特别感动我的事情发生了。

一名心理治疗师听完讲座以后，过来给我转账，说这是我的治疗费。她说这是她这么长时间以来，第一次觉得突然放松了，然后痛哭了一场。

是啊，这么长时间以来，大家一直处在疫情之中，整个状态都是绷着的。一旦疫情解除，绷紧的弦一下子松下来，就很容易出问题。这其实是一个次生灾害了，精神方面的援助需求会大量出现。

我还特别想说说逝者和他们的家庭。我虽然难过，还只是我的生活、情感在遭受灾难的影响，但那些无法回来的人们，还有他们的家庭所承受的痛苦，我们是不可能真正体会的。他们需要帮助，但现在他们还在继续挣扎着坚持着让家里剩下的人活下去。可能得等疫情过去，他们才会在回忆里一遍遍经受痛苦，他们真的需要帮助。

我现在也在准备，一旦这个事情结束了，我就必须去做心理援助的事情，有可能我还会直接回医院上班了。

现在，我每周一晚上9点在微博开直播，一个轻轻松松的系列，跟大家聊聊影响我各种各样的音乐，这些音乐人的故事，然后唱他们的歌，也会唱我自己的歌，每次一个半小时。以后还可能把音乐治疗的内容放进去，做成另外一个系列。我还希望在听直播的人，能够把自己生活的点点滴滴变成歌！

微博直播，让我觉得起码我的生活又丰满起来了。对，我就在做我力所能及的事情。一方面，它给别人带来了好处。但是，更直接的，是给我自己带来了好处——我再也不用一天到晚自怨自艾的了。我也不用很内疚了，因为我其实是在另外一条很重要战线上——精神战线上和我的前同仁们一起战斗！

让我们一起用音乐来疗伤，去倾听生命的声音，去释放情感的力量。

我是武汉的冯翔，我在直播间等着你。

发表时间：2020 年 2 月 28 日

回到武汉，我接到了阿坝州和重庆公安的电话

◆ 白慧冬，武汉市民。支持武汉的志愿者。"封城"前返回武汉。

老母亲问我为啥这么拼命，又没人给开工资。我回说，这次真的拼了命了，只因为我是您的孩子，也是一个父亲。这不，我看到日本朋友捐助武汉的物资上，日本汉语水平考试事务所物资上的字——"山川异域，风月同天"。作为武汉人，难道我不该更为家乡做些什么吗？

采访 | 姜浩峰　口述 | 白慧冬

过年前，因为工作事宜，我从武汉开车，先到重庆，再到四川省阿坝藏族羌族自治州，在返回武汉的半路，车遇到了问题，只得飞回武汉。然后，武汉"封城"了。

在春节期间，我先后接到了阿坝州和重庆公安的电话。我向他们如实说明了自己去过的地方，以及自己身体的情况。目前来看，从阿坝州回武汉已有半个月了，我的身体很健康。相信没有携带新型冠状病毒，也就没有将病毒传染给任何人。

接下来的一段日子，作为青宁信安科技的

白慧冬在武汉接到的援助物资。

联合创始人，我肯定不能出武汉，去深圳的总部工作，或者再出差。但我相信疫情一定能控制住，一切都会好起来。在武汉，我宅在家里，除了为支援武汉的志愿者们提供力所能及的帮助，每天还写"坚守日记"。

我做的有角动物放牧机器人项目，本身与牧区防疫有关。应阿坝州红原县畜牧局的邀请，我1月15日从武汉动身。之所以开车去重庆，是因为此前我们在西藏当雄县安装的放牧机器人多出来20套，正好用在阿坝。

我开车到重庆，是1月16日。中午还和重庆的朋友一起吃了火锅，并顺便谈了下项目合作的事。当时，武汉新型冠状病毒引起肺炎的情况，我们武汉老百姓如果没得这个肺炎，也是无感的。更别提重庆的朋友了。

吃完火锅，我就开车去了机场，接了设备就奔赴红原县。在安装完动物放牧机器人以后，我开车回武汉，谁知在一个叫三家寨的地方撞车了。4S店告诉我，春节前修不好。我只得去成都，飞回武汉。到成都时，已经是1月22日凌晨了。

那时候，我听说很多人都在逃离武汉。我却一定要回家。我对朋友说，我不能走，我儿子还在武汉，我 70 岁的老母亲还在武汉，我不能带他们在"封城"前到火车站经历更大的风险。医学常识告诉我，这不科学！我当时想，只有返家，只要我在家，他们才能好好活下去。

回到武汉以后，我发现情况和出武汉时迥异了。譬如机场出入口都加了红外测温设备。在出口处，我看到一位没有戴口罩的出租车师傅，心里第一感觉就是绕开他走。我从成排的其他人后面绕过去，他还追问我要不要车。我心里都在骂娘了："要车也不敢要你这样的车！"他一看我推着行李开始狂奔，就自己意识到了，然后就不再追我了。

上地铁后，发现平时下班时间段人满为患的地铁，基本上是空的。火车站那一站上来的人也特别少。

真的"封城"了。对于我来说，"封城"并不是特别严重的问题——我的公司在深圳，但我平时也不常去，大多数时间我在武汉。原本准备春节后去北京，拜访一下中国农业大学的刘继军教授。他是畜牧工程方面的专家，我想听听他对我们产品的意见，以及在畜牧业动物当代保护领域的发展前景。另一方面，也见一见我清华大学的师兄。但目前来看，这些事暂时只能搁置。

回到家后，我也盯着我 1 月 22 日所乘航班的信息，最终确认，那个航班没有感染者。幸甚！

1 月 27 日大年初三 20 时 55 分，我接到了来自阿坝州马尔康市的电话。对方自称是公安局的，通过移动公司了解到我这个手机号码此前到过阿坝州。想了解一下我的情况。我当时心想，公安同志确实是够敬业的，大晚上的还在打电话，逐一排查。我回答了他们的问话，包括我的名字、身体状况、去过哪些地方等。我还和对方说，自己从阿坝回到武汉已经十天了，从我自己了解到的此次新型冠状病毒疫情来看，我本人应该没有问题。同时，我确定如果有症状，可以第一时间和他们联系。

两天后，也就是1月29日大年初五，早上9点多，我又接到了重庆公安的电话。他们的问话和阿坝州公安差不多。我告诉重庆公安，我到达重庆至当时，已经十多天了，没有症状。

在武汉过年，自我隔离，苦中作乐。因为我平时经常出差，许多时候靠妈妈帮我带孩子，所以我本身就储备了许多冷冻菜，在阿坝我还带回了84斤牦牛肉。所以春节期间我们宅在家里，自我隔离，是做得到的。另外，我家在江夏区，离武汉老城市中心比较远，超市少，且缺货，也不必去凑热闹。

年初五，武汉放晴。我印象中，武汉持续了一个多月阴雨天，一放晴，"封城"状态中的老百姓，心情也舒畅些。有人熬不住，出去"放风"，随后，果然媒体报道称，市区有一家三口出门散步回家后就中招的。这么说，我家自我隔离还是对的。

不过我也不是没出过门。我在武汉家里自我隔离，也不能无所事事。其实即使春节期间，我也在帮一些朋友做物资统计。他们运到武汉来的援助物资，我会清点。我家房子比较大，楼下有四个仓库，可以用来放物资，物资存放在这里，有用可以来取。

1月28日大年初四，有公司支援送来手套，我得去接车。因为

白慧冬在武东高速等待物资。

我的车放在成都维修，所以只能开着电瓶车去接车。凌晨3点整接到电话，匆匆出了门。出门开了一段路，我才想起来——自己忘了戴口罩。当时想，还真不能返回家里重新戴口罩，因为电瓶车标准里程只有40公里，如果回家取口罩，从我家到接车点，是15公里。低温会造成电瓶车电池容量下降。如果耽误了时间，我很可能骑车出去，就只能推车回家！

但又回头一想，自己应该是安全的——当时是凌晨，室外一个人都没有。从我个人了解的病毒学的一些常识来看，这种情况下，如果空气中真有一两个新型冠状病毒，应该不至于攻破我的人体防线——它没到一定的基数、数量级，我的人体防御系统完全能抵挡得住。更何况马路上一个人都没有，新型冠状病毒不可能在这种情况下在外界长时间存活。到了接车点——武东高速出口是凌晨3点38分。那一车有10万多手套。我帮助领2000副手套，用于前来武汉支援的一部分工作人员之用。感谢这些热心人对武汉的支持！

到家时，已经是早上6点了。幸好，我的电瓶车电池扛住了。到家后，我立刻用84消毒液喷了全身，然后进入家里的循环运动舱进行了20分钟47℃的蒸疗，快7点才睡下。老母亲问我为啥这么拼命，又没人给开工资。我回说，这次真的拼了命了，只因为我是您的孩子，也是一个父亲。这不，我看到日本朋友捐助武汉的物资上，日本汉语水平考试事务所物资上的字——"山川异域，风月同天"。作为武汉人，难道我不该更为家乡做些什么吗？

发表时间：2020年2月2日

◆ 罗皓，湖北省基层干部。在抗疫中首个被火线提拔的"网红"干部，奋斗在一线。

我 18 岁时，站在党旗下宣誓入党，我对这片土地有着深深的热爱。平时我不爱拍照，连新闻报道中用的图片都是自己临时拍的，但等这场战疫打赢了，我想好好和家人吃顿团圆饭，拍张全家福。

采访｜吴　雪　口述｜罗　皓

　　我是罗皓，今年 44 岁，是一名退伍军人，2019 年 3 月，我从湖北省咸宁市崇阳县调配到崇阳县下属的天城镇，成为了一名四级主任科员。今年 2 月 4 日，我突然登上了新闻头条，传播最广的那篇文章《这位湖北干部，火线提拔》刷屏，让大家开始认识我。

　　网友对我褒奖有加说"能者上劣者下"，一天之内我接了十几通记者的采访电话，同事们都纷纷调侃我成为了"网红"。其实在我看来，自己并没有做什么突出的事情，天城镇里和我一样奋斗在一线的人很多，我也从来没想过自己会被嘉奖。

　　记得 1 月 20 日，疫情开始有了苗头，我们天城镇党委书记廖旦发布通知，要组织干部紧

这
不
是
一
个
人
的
战
斗
，
受
之
有
愧

急开会，全面部署防控工作方案。虽然我来这里工作时间不长，但从小生长于此，天城镇——崇阳县最大的镇、防疫阻击战的主阵地，这两点基本的判断还是错不了的。

罗皓在搬运物资。

据我了解，天城镇下辖28个村，11个社区，农业人口5.3万人，城镇人口13万人，距离武汉市中心车程仅一个小时。镇上前往咸宁周边城市，特别是武汉打工、上班、做生意的人特别多，粗略估算，20万总人口中，流动人口有上万人。

从初一开始，就是返乡敏感期，对我们的挑战很大，但也没有任何一个人畏惧过。当时我接到崇阳县颐和医院消息，说人员配备不够，需要多一辆车来运送确诊和疑似病例以及密切接触者，因为以前在部队开过车，我觉得自己完全能胜任这个工作，就主动报了名。至于害不害怕，会不会感染，我根本没有多余的心思去纠结和担心什么。

当时镇上条件有限，没有很正规的用车，但征用的这辆车也算接近，有点类似救护车的七座金杯面包车。在出发之前，我会用酒精、84消毒液把车里里外外消毒一遍，穿好防护服、戴好护目镜、手套和口罩，当时和我一同去的"战友"，社区1个人，村里1个人，镇上干部1个人（就是我），一般是3个人。如果工作不好做，就会增派两个人。

第一次转送病人，我们就遇到了阻力，前后做工作用了三个小时。在镇上有着100多户的中型小区，有一栋有个名叫陈燕（化名）

的住户的老公确认为新冠肺炎，陈燕和她21岁、13岁的两个孩子，作为第2类密切接触者，需要隔离观察。陈燕当时很不愿意配合，在她看来，隔离在家也一样能做，不一定非要到医院去。

最重要的是陈燕害怕周边邻居会另眼看待，心理上有些接受不了。我清楚镇上的风俗，特别能理解陈燕的顾虑，和我同去的镇干部，主要做心理疏导，我们就劝她要往大方向想，以及告诉她在家隔离存在的风险。三个小时我们一行五人真的像居委会大妈一样苦口婆心地劝，终于把对方劝了下来。

相比之下，老人的工作可能更难做一些。有一位60多岁的刘姓住户，他妻子已经确诊，他属于疑似病例，已经有点咳嗽了，但他却说"死在房里都不去医院"。后来社区书记、镇书记都派专人来劝解，跟他讲事情的严重性，来来回回，上午两三个小时，下午两三个小时，晚上他又说要吃完晚饭再说。我们就守在他家门口等着他出来，后来被我们磨得没办法，才同意跟我们走。

后来，事实证明这种坚持是对的，老人目前已经确诊，幸好当时早点来医院，否则有可能更危险，因为他本身还有高血糖、高血压等病症。

当然，大部分人都是很配合的，镇上一位老人，因在与武汉亲戚有过拜年接触后感染。当时家里还带着一个10岁的孙子，在房间里没有直接接触。我去接老人入院隔离，男孩就很懂事，像个男子汉一样对爷爷说了安慰的话："爷爷你去吧，我会照顾好自己。"当时我一个大男人站在旁边，眼泪就下来了。

我是1月22日运送了一批11人，后面几天又运送了好几次，前后护送30余人到颐和医院进行集中观察。工作强度的确不小，每天早上6点出门，连续一周凌晨两三点休息，每天工作除了护送病人，我还会不定时地运送社会各界捐助的物资，比如体温计、口罩、酒精、矿泉水、宣传画等，反正随叫随到。

要说不累是假的，但我觉得自己军人出身，一定能撑得下去。

我一天与隔离人员接触 20 多个小时，忙的时候，就吃点泡面充饥；开车时间长，颈椎和腰也会酸痛；最尴尬的是不敢上厕所，防护服本来就紧缺，我们能把损耗降到最低就降到最低，留给一线的医护人员。

因为经常接触确诊人员的关系，镇里专门安排了值班室供我们住宿，大概二十几平方米的房间，可以放两张单人床、一张桌子和一台电视机，我和市场部的一位

罗皓在运送病人的金杯车里。

干部住在一起，他是劝说员，我是司机，忙完一天回来，我俩常常聊天，我想在这个特殊时期，换成任何一个人都愿意作出一些牺牲。

2 月 5 日，晚上 11 点我到宿舍，算是比较早的一天，同事帮我打了饭，放在微波炉里热好了，有菜有肉，这么多天，第一次能吃上一口应时的热饭，觉得很幸福。从 1 月 28 日开始，我一直没回家吃过一顿饭。我有一儿一女，妻子也无条件地支持我。现在，太想太想和家人在一起吃一顿团圆饭了。

1 月 31 日，我接到了县委通报嘉奖，2 月 1 日，被提拔为镇党委委员，你问我对自己的评价，我想说，对于嘉奖，受之有愧。我只是镇上抗疫工作中一个非常普通的小角色，我也只是做了自己应该做的分内工作，真的不必宣传报道。

身边像我这样的人真的太多了，大家都在奉献，可能领导觉得，我是直接接触、运送确诊和疑似病人，有一定胆识。但能得到这份荣誉，绝对不是我一个人的功劳，而是全体一线同事们的嘉奖。

在这场抗疫阻击战中，我们很多同事都是无所畏惧地冲在第一线的，党委副书记徐干本来身体不太好，在分管后勤保障时，亲自搬方便面，烧开水，扛医疗用品，背消毒桶，每天只睡三四个小时。

31岁的镇党委组织委员陈祯和我一样，也是在一线运送病人的干部。疫情一出，他就主动请缨上一线，父母从老家来看他，也没打上照面，连换洗衣服都是妻子送到镇政府门卫室。

我18岁时，站在党旗下宣誓入党，我对这片土地有着深深的热爱。平时我不爱拍照，连新闻报道中用的图片都是自己临时拍的，但等这场战疫打赢了，我想好好和家人吃顿团圆饭，拍张全家福。

发表时间：2020年2月9日

这不是一个人的战斗，受之有愧

为武汉各大医院配送物资，疫情结束前我不会撤退

◆ 宋华，上海 CJ 荣庆物流供应链公司运营部的副总监。在武汉当地成立的"应急配送小组"承担着上海援鄂医疗队的一线配送任务。

那天我在金银潭医院交完货，已经是晚上 6 点。我这才想起来，原来已经整整 24 个小时没吃饭了。路上连水都没怎么喝，也没觉得饿，人忙起来的时候感觉不到饿。

采访 | 王仲昀　口述 | 宋　华

来武汉半个多月，前天（2 月 14 日）中午第一次比较正经地吃了午饭，是给金银潭医院送完物资之后他们安排的盒饭。我非常感动。之前因为太忙，总是随身带点干粮就对付过去了。

我叫宋华，是上海 CJ 荣庆物流供应链公司运营部的一名副总监。本来，今年过年是我 20 多年来第一次回老家过年。没想到在老家只待了三天，我就跟着上海总部的长途货车来到武汉。在这里，我每天跟着武汉分公司的同事一起为武汉各大医院配送物资。金银潭医院、协和医院、同济医院，我都跑了个遍。

这个春节，以及过去的半个多月，我觉得非常难忘。

宋华与援鄂医疗队合影。

1997年，我们公司在上海正式成立。从当年只有一辆货车，到现在全国各地都有分公司，用了23年。这23年，因为工作性质特殊，每年过年我都得在上海总部值班，没有回过山东老家。孩子在上海出生后，至今不知道老家长啥样。

腊月二十八，我终于有机会带着家人回老家过年。但是看到新冠肺炎疫情暴发的新闻，我回到家也心急如焚，想要做点什么。尤其是看到我们武汉分公司的总经理从老家返回武汉后，我也决定去往那边帮忙。武汉分公司春节期间还有几十名员工留守在那。

大年初一晚上，我从老家开车返回上海，第二天中午到达。知道总部在大年初一已有长途货车运送物资去了武汉后，我就向公司请示，希望跟着下一班货车去武汉帮忙。就这样，大年初三我接到通知后，就和另外两名司机拉着460套为上海援鄂医疗队准备的大衣出发了。大家都知道，医务人员在隔离病房工作时，不能开空调。这样到晚上就很冷，容易感冒。这批大衣就是为他们准备的。车开出上海，我们先去了趟无锡，在那里带上了南京大学校友会筹集的一批口罩。

在路上的时候，我只想这车能更快一点，越快越好。第二天下午1点，也就是大年初四，我们终于到达武汉。到了凤凰山高速口，有武汉红十字会以及当地其他一些慈善机构的工作人员在等我们。我们在那边先交接了一批物资。之后和上海援鄂医疗队相关同志联系，分别把物资给他们送到所在的医院。医疗队的同志和我们见面时，大家都非常激动，还一块合了影。

那天我在金银潭医院交完货，已经是晚上6点。我这才想起来，原来已经整整24个小时没吃饭了。路上连水都没怎么喝，也没觉得饿，人忙起来的时候感觉不到饿。

我到武汉后，和分公司的人商量了一下。为了保护我们留守武汉的员工安全健康，我们决定，让员工留守公司，哪都不要去。我自己，和分公司总经理常军、副总经理严效文、值班负责人宋伟康以及两名驾驶员组成"应急配送小组"，承担一线配送任务。然后我也告诉了上海援鄂医疗队的联系人，我说接下来我会一直在这里，

宋华与同事搬运物资。

如果你们有需求，可以找我。

从 1 月 29 日早上开始，我们这个"应急配送小组"的工作就正式开始了。我们的工作，像是物资的一次中转。因为很多运输物资的大货车，没办法在武汉市区开，那么这些大货车到武汉会先开到我们公司的仓库，然后由我们的货车把物资转送到目的地。

我们配送的物资都是送给医院的，主要是社会各界捐赠或者筹集的。目前来看，这些物资多种多样，最主要的是医院这段时间需要的各种医疗器械。另外，还有各种医用口罩、打印机、药物、防护服、食物。像 2 月 13 日，我们公司自己弄了一批拌面，就给各个医院送去了。

一方面，我们负责把外界送来武汉的物资转到医院；另一方面，我们也尽自己所能，去帮助这些医务工作者。像上海援鄂医疗队刚来的时候，会有一些临时的需求，比如某一天突然要几台电脑和投影仪，当地医院一下子没法弄到，毕竟现在无论是网购还是实体店都不方便，那我们就帮人家想想办法。

来武汉将近 20 天，现在武汉的大街小巷还是看不到什么人和车。医院我们倒是跑得非常熟悉了，金银潭医院，以及协和医院和同济医院各个院区，我们几乎每天都要去。火神山医院、雷神山医院也都去过。印象很深的是，去火神山医院送物资时，外面马路上停满了和我们一样来送物资的货车，排成了两三公里长的车队，非常壮观。

除了物资，我们每天也要和医院的医生护士们打交道。之前我们武汉分公司的员工跟我说，看到我每天在最前线工作，他们也很受鼓舞，很温暖，也更有信心了。我想说，我看到医护人员时，也有同样的心情。

像我们每天从早上五六点开始运货，一直到夜里结束。有人会认为这很辛苦，但其实作为物流人，我们已经习惯了这种工作状态。而且我觉得跟医务人员相比，我们已经很轻松很幸福了。他们的热情、忘我的工作状态都给我留下很深的印象。今天金银潭医院办公

武汉雪夜，宋华与同事在汽车上吃晚饭。

室的谢主任告诉我，哪怕以后我们中午不来这边送货，只要想吃午饭就可以跟她打招呼。她说，她很敬佩这次上海过来援助的人们。

刚开始的时候，有一次我们要送医用试剂到金银潭医院。那次我穿过住院部，离确诊患者的隔离病房距离只有几米，而且还没有防护服。其实心里还是有一点害怕的。但我想这就是物流人的职责，再想想医务人员每天都要面对患者，慢慢的也就不恐惧了。

随着在武汉的日子越来越久，我们配送物资的对象也变得多了。这两天除了医院，我们还给那些正在执勤的特警送了各种物资。昨夜武汉下起了中雪，我们到达其中一个执勤点是晚上 9 点。送完物资，对方得知我们一天没吃饭，便专门去给我们准备了晚饭。吃饭时，我们把货车车头当桌子，头上正飘着雪花。

现在是特殊时期，我做的这些事情，我不做，总有人要做。社会需要我，我就会一直坚守在自己的岗位上。疫情不结束，我不会撤退。

发表时间：2020 年 2 月 16 日

◆ 胡建斌，武汉人。滴滴医疗保障车队的一名志愿者，他所在的车队专门负责接送定点救治医院的医护人员。

我老婆说我这样子做，把关系都弄僵了。我连拌嘴的力气都没有。这是个原则问题啊，我接送的是医护人员，他们可是要救命的人，万一在我的车上被感染了怎么办？

采访｜陈　冰　口述｜胡建斌

志愿者的路，我帮你继续走下去

四年前，我开始兼职开滴滴，最近一年半开始做专职滴滴司机，平时每天就要开16个小时左右的车，现在是战时状态，肯定要比平常更辛苦些。

因为晚上要接凌晨下夜班的医生和护士，所以我一般都是凌晨左右蹲在医院门口，二三点回家睡一会儿，然后早上6点半起床继续送早班的医生和护士。说真的，我已经有点分不清到底是凌晨还是深夜。

起床以后根本来不及吃早饭，但是防护服、

老婆，对不起了，我这辆车只能接送医生护士手套、口罩必须穿戴好，再把前一天放在84消毒液里浸泡消毒的护目镜戴好，摸黑出门。

车里一直都有刺鼻的消毒水味道，防护服湿闷，口罩也透不过气来，整个人就像坐在蒸笼里，即使什么也不做，也会一直不断地向外冒汗。两个小时，我的衣服就会湿透，但也只能忍上整整一天。

自从实行禁行令后，私家车就不允许上路了。整个城市空空荡荡的，街上几乎看不到行人和车，时间好像都停止了，周围安静得只能听见雨水敲打车窗的声音。作为一个土生土长的武汉人，我突然觉得从这个春节开始，武汉有点陌生了。那个充满着烟火气的城市，一瞬间，没得了。

我已经是个年过半百的人了，确实也经历了一些大风大浪。起先在武钢下属的带钢厂上班，1997年，遭遇国企改制，我和老婆都在武钢工作，必须有一个人下岗。我不能让老婆下岗啊，所以就买断工龄走人了。

我去了武汉当时最大的外企丝宝集团当销售。大家都知道的那个感染病毒去世的志愿者何辉，就是我的顶头上司。朝夕相伴的人啊，几天就没了，孤零零地一个人走了，火化的时候旁边没有一个人。

我听到这个消息的时候，感觉像被人打了一闷棍，心情糟到了极点，脑子一片空白，好像什么都做不了了，只能枯坐在车里，发呆。

根本没有什么感同身受，别人很难明白的。

那时我才刚刚送完一个医生，把车停在小区的停车场里，接下来我必须赶紧把车开到接头点给队员送防疫物资，还有一个单子要完成，时间很紧张。

但是那种愤怒、懊恼、无力的感觉让我透不过气来。结果一不留神，我在小区花坛的拐角把车撞了。

还好，只是右后轮撞落了花坛的一大块瓷砖，车身被刮花了，不影响行驶。我当时就在心里暗暗对何辉说，医护保障志愿者的路，我一定帮你继续走下去。

我，咋办？

滴滴公司定期给我们发放物资，包括防护服、口罩、一次性手套和消毒液。不过物资一直紧缺，消毒液、防护服尤其缺。滴滴公司的总裁柳青都在微博发帖为我们这些一线司机求助了。我第一轮从滴滴公司拿到 7 套防护服、第二轮只拿到 3 套、第三轮 2 套。我们只能尽可能地节省，现在一套防护服要穿上三天。

每天都在接送医务人员，我变得越来越谨慎。每次出车前，我要花上近半小时对全车进行消毒。我们小区有 10 多个确诊的，我楼下就有一个，也不知道他们是否住进了医院。每天早出晚归，我已经来不及关心周边的人和事，只想着完成订单，一单，再接一单，能多接送一个是一个。

之前，我在地下室停好车，会把护目镜和防护服都脱掉再上楼。现在，我觉得遇到的人可能带有病毒，什么也不敢脱了，就穿

胡建斌的车子已经装好了防护膜，防止飞沫传播。

着这么一身鼓鼓囊囊的衣服走回家。进门之前，我会先用消毒液喷洒鞋底，然后用消毒液对一次性防护服进行彻底消毒，第二天我还得继续穿呢。没得办法啊，现在整个房间里都是消毒水的味道。可武汉，哪家不是这样呢？

吃饭？我们医护保障车队没有定点休息，只能在给车充电的间隙，边等着充电，边找热水泡面。哪里有热水，就在哪里吃。车上、小区、医院都吃过。现在，留守在武汉的每个滴滴司机都害怕再看到泡面。不论是哪种口味的，闻到那股味道就反胃。但忙的时候，连吃泡面都是奢侈的。

物资和工作上的难，我觉得都能承受。就是人情世故，难啊，难啊。

大年初四的晚上，住在汉口的表姐打电话给我。他们夫妻俩，六十出头，发热、咳嗽多日，CT 显示两人肺部发白。表姐问我能不能用车子送他们去医院，我为难了半天，但还是直接告诉他们，我的车，只能接送医护人员。

没想到，后来又发生了同样的事情：我拒绝了一家四口患病的前同事，还有妻子娘家的亲戚。我老婆说我这样子做，把关系都弄僵了。我连拌嘴的力气都没有。这是个原则问题啊，我接送的是医护人员，他们可是要救命的人，万一在我的车上被感染了怎么办？

每天深夜到家，都能看到老婆给我留着的一盏灯。我想，她应该原谅我了吧。

太——难——了……

其实在车上，我一般也不多跟医生护士们聊天。他们都很累了，常常是一上来就瘫坐在后座上。不过拉了那么多医护人员，故事肯定还是有的。

一位小护士在车上跟我说，自己独自照顾 6 个床位的病人已经

胡建斌第一时间响应滴滴征召令，加入医疗保障车队。

吃不消了，现在又被增加了 2 个床位的工作量，真的是累到崩溃。我说我把车开得慢一点，你可以眯一会儿。

2 月 6 日晚上，我接到了一个 12 公里外的派单，我到达上车地点仁爱医院时，发现医院已经被隔离，大门上写着大大的"封闭"二字，情况看起来很严重。

一个女的，拿着几个包走了过来，可她不是叫车人，按照滴滴医护叫车系统的规定，为了避免共同乘坐造成交叉感染，禁止同乘或代叫，因此我就不让她上车。万一她是病人，我这个车就是一个流动带毒车，后面乘坐的医护就有危险。结果她给我出示了自己的护士证，说是同事帮她叫的车。

我心软了，打开所有的车窗，让她上了车。

"我连续工作了三天，刚刚晕倒了。"刚上车，女护士就跟我说，本来她拿着包裹，是为长期作战准备的，没想到刚连轴转了三天，身体就出现状况了。她觉得自己有可能"中招"了。

我当时很着急，告诉她这种情况应该叫救护车，或者自行前往隔离酒店，并且提醒她，在病毒高发区工作，不应该带杂物回家，何况家里还有孩子。

女护士在车上哭得稀里哗啦的，一时间也六神无主了，然后又开始埋怨我……

车内压抑的气氛让我们情绪都有点失控，我告诉自己，冷静、冷静，不要骂娘。

好巧不巧，她的手机又没电了。我赶紧打电话联系她老公，让他做好防护措施出来对接。所幸后来证实只是虚惊一场，女护士没事。

还有一位姓曾的医生，在我们接送他上下班之前，靠自己的腿足足走了三天的路。他所在的武汉市第三医院和社区距离7公里，他走得慢，每天要徒步走3个小时。大年初四，曾医生无法坚持下去，只好打电话叫车了。

我们问他，为啥不叫车呢？他说我不好意思麻烦你们，但我实在是走不动了……

这真的是，太——难——了。

耐心等待着拐点的到来

我就是典型的武汉人，性子急，心肠热。

2015年，我在武汉一家口罩公司工作，负责华北地区的销售。天津发生"812滨海新区大爆炸"的时候，我当天晚上就领着同事，送去了40万只口罩。在天津呆了一个星期，就是不停地给需要的人发口罩。

今天的武汉，形势比当初的天津严峻得多。口罩，成了护命的硬通货。一天，一位护士在车上和我闲聊，说在同济医院中法新城院区有司机没有穿防护服、戴护目镜。作为车队长的我气坏了，中法新城院区是收治危重病人的，医护都是极高危人群。我赶紧在群里发了一堆消息，提醒他们：我们是次高危人群，一定要高度注意自身防护措施。我们医护保障首发战队，一定要做到零感染、零伤亡，全胜归来。

为了更好地防护隔离我们这些在前线的车队兄弟们，2 月 11 日开始，滴滴公司在我们的车上安装防护隔离膜了。

　　他们向医护人员和专业人士请教过，说是在车内加装塑料隔离膜一定程度上可以防止飞沫传播。这也是特殊时期的笨办法，虽然看上去有点简陋，但也算一种不错的尝试了。多一重保护，就多一点安全吧。

　　形势依然很严峻。现在的武汉就在特殊时期，没有那么多考虑的东西，大家无非就是默默地干。所有留下来的人，都要让自己真实。病人住进病房，健康的人呆在屋里，医护上前线，我们行驶在街头，这就是各司其职。

　　我们正在进行一场惨烈的战斗。"封城"已经近一个月了，当初看到"封城"通知时，完全没有想过会这么久。时至今日，大家好像也开始适应关门闭户的生活，我们都在耐心等待着拐点的到来。

发表时间：2020 年 2 月 23 日

起初还有点小心思，现在我的小货车已经『停』不下来了

◆ 赵勐，武汉物流小哥。一直往返仙桃和武汉之间运输、配送物资。

经过这次疫情，我对《我不是药神》这部电影感触特别深。我明白了平时物资储存的重要性，这样在特殊时期才能派上大用场。

采访 | 王仲昀　口述 | 赵　勐

我叫赵勐，干物流行业的。大年初一下午，我一个人在家睡觉。醒来看到微信群里有人说，仙桃那边有给武汉的医疗物资被卡住，出不来。我想，在家闲着也没事干，就去帮帮忙吧，看能不能把那批货运出来。反正从武汉到仙桃，我开车来回也就三个多小时。

于是下午6点我就出发了。没想到，那天夜里我的车陷进了乡下的泥巴地，我在空无一人的地方被困了一夜，没吃没喝，手机没电。更想不到的是，这一去就是好多天。从那天开始，我就一直往返仙桃和武汉之间运输、配送物资。

赵勐获得疫情物资保障车辆通行证。

接送医务人员上下班，看能不能找到女朋友

大概过年前几天，有一天我去了武汉附近乡下，想要为过年准备一点烟花。没想到回来之前，有朋友让我路上看看能不能帮忙买点口罩。他告诉我，当时武汉已经买不到口罩了。于是我就去找那些卖口罩的店，想着多买点回去可以分给其他人。没想到最后被放了鸽子，人家不卖了。这是我对疫情的最初感受。

从乡下回到武汉没多久，我就看到朋友圈有人求助，说找人帮忙运物资和接送医护人员上下班。因为我单身嘛，我1989年的，到现在还没结婚。我就有个私心，想着"患难见真情"，准备去接送医护人员，帮忙的同时看看能不能搭识个女朋友。

我平时是做物流的，有两辆面包车。接了几趟之后，我了解到，为医院配送物资更紧要一点，医院很缺人去送物资。突然之间，儿女之情，好像就不重要了。

第一次出车，被困在乡道上一整夜

那天晚上是疫情暴发后，我第一趟去运物资。因为当时武汉已

大年初一晚上，赵勐被困在乡间小道上。

经"封城"，国道不让走，导航就让我走了乡道。当我把车开到蔡甸和仙桃交界，大晚上，乡道路况不好，我开得很慢。结果晚上9点多，路过一片泥巴地，我的车就陷进去出不来了。我先是给警察打电话求助，但因为我没法证明我是去帮忙运物资的，而且地处武汉仙桃交界处，他们也解决不了。我又找朋友帮忙，当时我联系了武汉抗疫志愿者联盟的总协调人邓明锋先生，但他们的货车也没有能用的拉绳。

尝试之后，都没办法，我就只能在原地等待。我那辆车上空调坏了，我出来时又没穿秋裤，就觉得很冷。然后没吃的没喝的，我手机电也快用完了。关机前，我把定位给邓先生发过去了，就说如果来找我的话，我就在这。虽然我也不知道那地方到底是哪。因为有点怕，我也不敢睡觉，就只能眯一会儿。大概夜里3点多我睡了过去，早上5点就醒了。

醒来后，我下车去找附近路过的车辆帮忙，结果不行；后来又去村子里找农民借工具，还是不行；最后，找了个开挖掘机的，我给了对方400块钱，终于把车子拖了出来。被困了一晚后，我只想赶紧去仙桃，没想过原路返回武汉。因为我已经费了这么大力气开出来，不想空车回去，我一定得去拉点什么。

那天白天，我在去仙桃的路上一直找商店给手机充电，我不能跟别人失联。然后经过前一晚的事情，我顺带找人借被子，以防后面还要在车上睡觉。有个阿姨很好，送给我一床被子。路上在一家小店吃泡面的时候，老板儿子听说我是从武汉出来的，就让我吃完赶紧走。

一路上因为"封城"，很多路走不了，各种路障，等我到仙桃，已经是大年初二晚上。正常一个多小时就到的路程，结果那天用了一天。当晚，我在仙桃找酒店住宿又找了好几个小时，因为很多也关门了。

被人怀疑倒卖物资，曾想过放弃

那天我到了仙桃后，照理说找到之前求助的人，把他们的物资拉上车送回武汉就行。但我根据平时物流工作的经验，发现那边比较混乱，没有人统筹整合物资，资源没有被最好的利用。于是我决定留在那边帮忙。

后来我找到当地一家公司合作，在他们的办公大厅成立了一个临时的物资基地。我按照平时送快递的方式，在基地开始接收和配送物资。这些物资大多是要送给武汉的各大医院。仙桃当地有物资送到我这里来，每一笔我都做好记录，什么人送的，送了什么，送到武汉哪里，就跟快递站一样。之后，我再负责把仙桃出来的物资统一转送到武汉各个医院，精确到各个科室。

很多时候我们是凌晨去送货。晚上 11 点从仙桃出发，这样午夜 1 点左右到武汉，然后分好货送到医院。因为医院的医生护士交班一般是早上 6 点，我们争取在他们交班之前送到，这样能确保他们上班前用上。

一开始在仙桃做基地的时候，我住在一个小宾馆，结果没几天宾馆被举报了，说有武汉来的人。那个宾馆的老板人很好，我住了

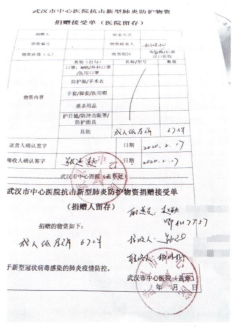

几天，没有收我房费，所以被举报了，我也不想给老板添麻烦，就带着被子在自己车上睡了几天。反正我当时每天睡觉不超过三小时，就算睡觉了手机上还是一直被各种信息"轰炸"。

从那时候开始，我算是正式开始了志愿者的工作。到现在快一个月了，身边有一些人中途退出了，我想说不能怪别人，我非常理解，因为这些完全是无回报的事。有人说，负担不起油费，去跑货拉拉赚钱去了。就我个人而言，这段时间的油费已经上万元了，这些都是我自己出的。

赵勤为医院送物资的接受单。

但我不能接受的是，有一天在一个志愿者车队群里，我被人怀疑，说我倒卖物资。我不知道为什么会有人这样看我，我送的物资都是直接到武汉的医院，根本不经过私人仓库之类。所以当时我心里很不好受，这么忙还要被人这样怀疑，心想在家呆着不好吗？

于是，我就在家休了两天，结果发现已经完全不行，无法休息。每天一觉醒来，看到微信上那些求助信息，我觉得在家没有一点意义，又出去"重操旧业"。

从第一次去到现在，仙桃那边捐赠物资的对象各种各样，有个人，也有公司，还有商会、基金会。不过我也不管他们具体是谁，只要你是有东西要捐给医院，那我就负责给你送到。其实疫情面前，团队什么的不重要，你就是做事，你属于什么团队重要吗？我觉得我就像一块砖，哪里需要我就往哪填。

这么多天，往返仙桃和武汉，以及湖北其他地区的公路上，我有时候也觉得孤独。配送过程中，有时候我连两头的人都没见到。把货物搬上车，清点完毕，再送到目的地，搬下车，让对方签收，我的工作就完成了。那些收货的医院，顶多知道送货的司机叫赵勐，至于赵勐是谁，他们也不知道。

前几天，志愿者联盟的邓先生让我统计这段时间我送了多少货，说实话我也不知道具体送了多少吨。反正我的车每天至少一趟来回。我那辆小货车满载的话是 4 吨。4 吨换成防护服或者口罩，就是 8000 套防护服，或者 30 万只口罩。

有一天下午，我和邓先生接到消息，说有个厂家提供了一批消毒液。一开始我们并不知道到底有多少，开着车就去了。到了才发现，原来有 9 吨消毒液，一共 360 桶。没有其他人帮忙，我们俩一箱箱搬上货车，搬了整整六小时，从下午 3 点搬到晚上 8 点多。搬完后，我们两个人累得腰都直不起来。

我大多数时候都是一个人干活，所以几乎没有什么"工作照"。又有什么时间拍照呢？忙的时候根本想不起来拍照片。这些我都无所谓的，我也不是想证明什么。

经过这次疫情，我对《我不是药神》这部电影感触特别深。我明白了平时物资储存的重要性，这样在特殊时期才能派上大用场。现在我在我们小区里的菜鸟驿站准备了一些防护服和口罩，我告诉住在小区或者附近的医护人员，只要提供相关的工作证明，我就免费送给你们。

睡觉。有事留言。昨晚上又通宵了。

发表时间：2020 年 2 月 23 日

救护车、雷神山医院建设车、警用车、送餐车……我是武汉修车志愿者

◆ 谢红亮，荆州市天门人，在武汉开了一家汽修店。

说辛苦我们真不觉得，这点辛苦不算什么。我们最难过的是很多时候因为供应商停工停产，汽车零部件紧缺，让我们想修都修不好，耽误了事。到目前为止，我已经记不清出了多少次救援任务了，所有一线防疫人员都是在跟病毒赛跑，我们更不能拖延一秒钟。

采访 | 吴　雪　　口述 | 谢红亮

2月15日，武汉遭遇大风、雨雪和断崖式降温14℃，气温一下子降到−2℃，路况变得更复杂，给我们的救援工作带来更大的压力。

那天的江汉大桥上，依然是灯火通明，空旷的桥面上，隔几分钟就有闪着蓝灯的救护车疾驰而过。当时我在东湖风景区鲁磨路上的修车店里，正拿着75%的酒精喷洒消毒。

我是谢红亮，今年37岁，荆州市天门人，在武汉开了一家汽修店。2月1日，我和我们还在武汉的几十个同事，一起成立了一个紧急救援服务队，专门给武汉的医生的车、警察的车、

救援服务队队员们在救援工作中，最高单日救援次数超过了 100 次。

海关的车等，所有能救援的疫情防控车辆，做免费救援。

我的店成立时间并不长，2019 年 10 月才开业，但是因为开店的时间点正赶上武汉军运会（第七届世界军人运动会），经营状况很不错。按照原计划，春节过后，店铺就将陆续回本，日子也能渐渐好起来。

但是没想到，1 月 22 日疫情突然变得严重起来，本来我们准备"春节不打烊"的，但是临时决定都先关店了。腊月二十九（1 月 23 日），武汉封城，紧接着，武汉市公交停运，机动车禁行。

大年初三开始，我陆续接到车友的求助电话，说车辆抛锚了，问我能不能救援。那时我的想法很简单：虽然还没开工，但我是个修车人，每个角色有每个角色的任务和价值，更何况在今天这样的特殊时期，我更没有理由退缩。

当时家里人都在居家隔离，听说我要出去救援，我妻子不是很愿意："能不能不要出去了，家里还有孩子啊。"

我理解她的想法，但是能做点事情的时候却躲在家里，我干不出来这种事。经历了一轮"家庭会议"后，我们初步达成共识：义务救援可以去，但是要搬出去到外面住，不能给家里，尤其是孩子带来那么大的风险。

就这样，我终于又"开工"了。

我打电话给我们店的技师李永雷，问他愿不愿意跟我一起去救援，他也很积极。李永雷是河南信阳人，武汉封城后就没回去了。当时武汉基本上没有什么汽修店在营业了，所以我们跑的范围比原来大很多。得知救援任务繁重，兄弟门店临江大道店的老板也前来支援我们。

第一天，我们就接到了一通特殊的救援电话，求救的是大名鼎鼎的雷神山医院的建设者。那是中建三局的建设车组，主要负责武汉雷神山医院的建设指挥工作。对方说接驳工地的指挥车辆，突然出现挂不上挡的故障。

当时雷神山医院刚刚开工三天，我们的店在东湖风景区，他的位置在江夏区强军路，相距超过 20 公里。非常时期，距离不是考虑的主要因素。所以我们接到消息后，立刻赶去现场做了临时处理。

雷神山医院、火神山医院是全国人民关注的热点，大家不知道的是，这两个地方也是我们救援的热点，后来的几天，我们救援队员来过这里很多次。

新闻报道说，2 月 8 日雷神山医院正式投入使用后，到现在已经有不少患者治愈出院了。看到新闻，我心里特别有成就感。随着疫情发展，原本我们自发进行的救援，越来越力不从心。1 月底，了解到"抗疫前线"对汽车救援需求很大，汽修人必须尽快出动的情况，公司开始紧急介入。

2 月 1 日，公司宣布紧急救援服务队正式成立，24 小时免费救援，所有的费用公司承担，这下我们找到"靠山"了。救援群很快建好了，当时群里人员一共有 76 个，包括客服、运营、修车师傅

武汉下雪天，谢红亮正在检查故障轮胎。

等，还开通了救援专线电话：400-111-8896。客服在接到求助后，确认是否为医护人员、志愿者和保障人员，然后根据距离远近，统一分配到临近区域的救援队员手上。

后来的日子里，我们又救援了警察公务车、志愿者送餐车、医护人员接驳车、电视台直播车等。按照要求，我们需要24小时待命的，所以哪怕凌晨一两点出动去救援，也不是什么稀罕事。很多人和我说"你们辛苦了"，其实接触了那么多行走在防治疫情路上的人，我觉得医务人员才真是最辛苦的。

在我们救援的车辆里，医护人员是占比最大的之一。而且他们大多有一个共同点：看上去特别疲累，十个有九个都是黑眼圈；如果车坏了有故障，只能下夜班的轮休日来修。最让我心疼的是两口子都在前线的，孩子只能送到亲戚家暂时照看，这样的医生有很多。每每我去医院紧急救援医生车辆的时候，看到在他们排成一排席地而睡，我心里都特别难受。

平常每天我们接到的救援大约是三四十单，武汉大降温，下雨下雪的那几天，天气恶劣让救援量也大大增加，2月16日，我们单日救援次数更是超过了100次。

2月18日，有一名车主求助，车子打不着火了。到地方之后，才发现车主的身份有些特殊——武汉市病毒研究所的研究员。因为工作需要，他需要经常往返金银潭医院。任务紧急，检查了车辆之

谢红亮正在修车店内维修一辆救护车。

后我发现，需要更换电瓶。我快速返回公司仓库，找到了一个电瓶，帮他免费换了，型号虽然不一样，但在保证安全的情况下，解了他的燃眉之急。

最让我难忘的是下雪的那次救援，让我心里很温暖。那天下着雨夹雪，气温降到−2℃。武汉中南医院的医生一早打电话求助，说他的车子两个轮胎都没气了，找了一圈都没有修车店开门。我一听是医护人员的车，赶紧拿了根气泵，很快就过去了。

去的路上，又接到这位医生的电话："天气那么冷，要不你们别来了，我很过意不去。"本身都在危险的一线没日没夜地战斗，他还在担心我们辛苦。我说没问题，安心等着我来就行。到地方后发现需要补胎，我和李永雷给两个车胎充了气，支撑着把车开到了店里进行补胎。这位医生一再对我们表示感谢，说得我都不好意思，我们做的工作，哪里及得上他们啊！

我只是途虎养车紧急救援服务队中的其中一员，与我并肩作战的还有从海南连夜开车返回武汉的修车师傅李昌，"95后"的年轻师傅卢顺，以及奋斗在孝感、郑州、西安的其他三支好几十个人组成的大队伍。

说辛苦我们真不觉得，这点辛苦不算什么。我们最难过的是很多时候因为供应商停工停产，汽车零部件紧缺，让我们想修都修不好，耽误了事。到目前为止，我已经记不清出了多少次救援任务了，所有一线防疫人员都是在跟病毒赛跑，我们更不能拖延一秒钟。

2月20日晚上9点，我坐在宿舍的高低床，看着一张张救援的照片，回想往年春节时候，武汉市区都是最热闹的，街头随处可见的早点摊，挤公交的上班族，堵在路上的车流……满满的都是烟火气。而今天，在武汉街头，突然间变了景象，荒凉刺骨而来，静下心数，每隔一会就有一辆鸣笛的救护车开过。

最近几天，雨雪过后武汉放晴了，我和许多武汉人一样，等待着这座城市好起来。

发表时间：2020年2月22日

为什么我要当志愿者接送病人和医生？

防护和消毒还是很重视的，每送一次，全车消毒一次。

采访 | 黄 祺　口述 | 尹 达

我叫尹达，现在是武汉龙安社区的一名志愿者司机。

我的工作是保险销售，疫情发生之前，我平时每天一早去公司，然后出门拜访客户。如果去的地方比较远，我会顺便接一单滴滴。

腊月二十九（1月23日），滴滴平台发了一个公告，招募志愿者去社区服务，我看到马上就报名了。你说担心被传染吗？肯定也有担心。但我是土生土长的武汉人，这个时候，总要做点什么。

从初一一早开始我们就工作了。我和另外4位志愿者被分配到洪山区龙安社区，这里主要以居民为主，离我家30公里左右，开车过来也不算太远。

我们5个志愿者统一接受龙安居民区党组织书记的指挥，他会把用车需求发给我们。

不是随便什么原因都可以用志愿者车辆的，

武汉志愿者尹达。

书记这边会把关，只有生病就医的，接送抗疫物资的，特别紧要的公务，和医生接送，才可以用志愿者的车，我们还负责给行动不便的老人、病人以及隔离点的居民送餐。其他人出门探亲啊，自己家采购啊，都不能用。

这十多天来，我平均每天出车三四趟，大多数是送病人去医院。

我接的第一单就是一位60多岁的阿姨，她发烧，社区医务人员已经排查了她的病情，不是病毒引起的发烧。我负责送她去医院就医，但是现在武汉医疗资源非常紧张，发热门诊就这么多，医务人员忙不过来，病床也紧张。我带着他们一家跑到第三家医院，阿姨才看上病。

这几天开始我会接到接送上海来的医生上下班的任务。上海医生住宿的龙安宾馆，是我们这个社区的一家招待所，属于我们服务的范围。

上海来的医生特别好，一般也不愿意麻烦我们，有的医生能走就自己走回宾馆了。车上，他们看起来特别疲惫，真的很辛苦。

武汉各个区都有隔离观察点，我们的任务还包括给隔离观察点的居民送饭。需要隔离观察的居民统一生活在酒店里面，由社区统一安排专人照顾，也有专业的医生在那里驻点。

2003年"非典"的时候我只有16岁，对疫情没什么印象。现在我是成年人，感触特别深。真的是一方有难八方支援，我是武汉人，更想作点贡献。

公司给我们志愿者发了防护用品和消毒用品，接送病人的时候我们是全副武装的，防护服、护目镜都戴上。如果是一般的运送物资和接送医生，我们穿防护服，不戴护目镜。防护和消毒还是很重视的，每送一次，全车消毒一次。

我现在每天一早就到社区待命，随时有任务随时发车，一般早上7点半到社区，傍晚没什么事就可以回家了。午饭是外卖，吃了十多天外卖了，特殊时期没有办法，社区书记也是吃外卖的。

晚上进家门前，我先给自己全身喷洒消毒的东西，在外站一会儿再进去。

我妈妈是医院的护士，爸爸退休了，他们都很支

尹达往隔离点送饭。

持我做志愿者。他们一般不喜欢表达感情，只是叮嘱我一定要注意防护、注意安全。如果说和平常有什么不一样，可能就是回家什么都不用我做，饭菜摆好，坐下就吃。父母对我的关心都在里面了。

武汉多数社区都有我们这样的志愿者司机，平均每个社区有3—7辆志愿者的车，供社区安排使用。我们不会向乘客收一分钱，政府有一定的补贴。

现在武汉的大街上，很少看到人，也很少有车。

过去到了周末，我会跟同学、朋友出去聚会，现在看来，这种特殊的生活还要持续一点时间。

发表时间：2020年2月6日

COVID-19

◆ 郭翔，上海市疾控中心工作人员。从其他部门被紧急抽调到"追踪办"，对"密切接触者"进行管理。

她反复确认我们工作人员的身份，就是不提供自己的信息，打了几次电话，后来就不接了。

采访 | 王仲昀　口述 | 郭　翔

我是上海市疾控中心的一名工作人员，原来在免疫规划所工作。新冠肺炎暴发后，中心成立了"追踪办"，我和另外 23 位同事从其他部门被紧急抽调过来。

国家卫健委此前发布《新型冠状病毒感染的肺炎防控方案》，对"密切接触者"这一群体有了明确的管理方案，我们"追踪办"就是为了落实这个方案。

虽然有很多密切接触者可以通过对病例的流行病学调查直接问询，但对于同乘交通工具，特别是飞机、火车、客运汽车、客运轮船这些大型交通工具的密切接触者，就需要"追踪办"来找人，及早排查确认落实防控措施。

做好"密切接触者"的防控，是当前有效

追踪办，重点在"追踪"。

控制疫情扩散非常重要的一环。

我所在的上海市疾控中心"追踪办"目前设有三组，每组 8 个人。我们工作组成立于 1 月 26 日，经过一天的紧急培训后于 1 月 27 日正式工作。

既然是"追踪办"，那么重点肯定在于"追踪"。我们要做的，并不是去确定谁是"密切接触者"，也不是挨家挨户地去找这些"密切接触者"。我们的角色是"密切接触者"管理环节中的"桥梁"。

当前应对疫情，强调"联防联控"。流行病学调查人员收集确诊病例的经历之后，再筛选出发病后乘坐交通工具（飞机、火车、客运汽车与轮船）的对象及其乘坐的航班号或车次信息，并将其中需要排查的航班号或车次信息告诉我们。

得到信息后，我们提请公安部门根据旅客实名登记信息将同天同乘该航班号或车次的人员检索出来，然后通过大数据，尽可能查找到这些密切接触者的联系方式。我们根据公安部门反馈的个人信息，准确地找到他们，并和他们取得联系。

对于"密切接触者"的管理，首先最重要的也是统一的原则，是让他们每个人居家隔离 14 天。

从我们得到的信息来看，有些人并不是住在上海的，他可能只是经过上海时和病人同乘坐交通工具。对于已经去往外地的"密切接触者"，我们会给他目前所在地的省级疾控中心发函，并提供协查对象的信息，要求他们进行后续的追踪管理。同样的，我们也会收到其他省市疾控中心的来函，因为有些"密切接触者"经过当地的排查发现目前在沪。

上海本地的"密切接触者"，我们在和他们联系之后，首先比对公安提供的住址信息与他们进行核验，在进行必要的告知后，及时把他们的信息通过各区疾控中心给到对应街道（镇）。

现在密切接触者管理都是网格化管理，我们要做的是告诉这些群众他们是"密切接触者"，务必做到居家或集中医学观察。而具体的医学观察措施包括每日两次体温测量，这些都是由他们所在街道（镇）去落实。

我们"追踪办"的工作，主要依靠打电话完成。

和每一个"密切接触者"取得联系后，确认信息是首要任务，然后按照规定对他们进行政策告知，表明身份与利害分析取得对方信任理解，消除因为可能接触病例造成的心理紧张，还要消除他们对后续 14 天医学观察的抵触情绪，既要舒缓对方焦虑紧张的心情，还要给到一些自我健康观察的建议。

但并非所有交流都能很顺畅。如果第一次打电话联系不到人，我们会间隔一段时间再继续拨打电话，这样一天有可能从早联系到晚，但最终还是无人接听；还有时候好不容易联系上了，话没说两句就被对方挂电话；有时候对方扔下一句"请不要骚扰我"，然后就被拉黑。

追踪办工作人员正在联系密切接触者。

记得有次联系一位女士，她反复确认我们工作人员的身份，就是不提供自己的信息，打了几次电话，后来不接了。拨打另一个"密切接触者"时，发现原来是一家人，那位女士再接电话时说，之前担心是骚扰电话。

还有几次碰到几位年纪大点的阿姨，接到我们的告知电话后反复要求我们工作人员不要通知街道，怕被邻居知道自己是"密切接触者"。这样的心情我们理解，不过还是要以大局为重。

林林总总，各种情绪都碰到过。

拨打下一个电话号码前，我们会平复心情，以平和舒缓的语气开始下一段通话。

这些天从早忙到晚，有几次一直忙到凌晨才结束。工作组成立之初，每天8个人至少要打五六百个电话。这几天工作量有所减少，每天也有差不多二三百个电话。现在返沪高峰来了，如果疫情仍持续，预计后续我们的工作量又会变大。

其实，在我们工作过程中，大多数公众在被我们通知时都表示理解，这令人欣慰。有联系的对象主动说：我乘飞机回上海就把自己关在家里，尽量把传播风险降低，这是我的社会责任。每每听到这样的话，我们真心为广大的市民点赞，其实只要每个人都履行好自己的社会责任、防病义务，按照政府和专家的防控建议切实做到位了，我相信我们很快就能战胜当前的疫情。

最后，还是很感谢每一位被我们"追踪办""骚扰"的市民，谢谢你们的接听电话，谢谢你们的理解与配合。我们的初心与使命就是保护城市公共卫生，我们来自你们，是你们中的一员。公共卫生不就是让每个小家融合成为大家，大家做好了，小家自然安康幸福。

发表时间：2020年2月5日

守住『上海堡垒』的关口，我们无怨无悔

◆ 杨强，上海交通执法总队八支队支队长。

道口的进沪车辆每辆车都要检查，每个人都要测体温，还要实行健康申报。返城潮来临，道口检查任务重。

只要我们在一线一天，就要守好这座"上海堡垒"的关口一天。

采访 | 刘朝晖　口述 | 杨　强

我们上海交通执法总队八支队管辖的区域包括九个省级道口，其中四个是高速公路，五个是地面。支队平时主要是对省际包车、省际班车以及危险品车辆等重点进行检查，也承担对超限货车的检查职能。此外，我们还要承担400多公里的高速公路及国省干道的路政巡查。

平时，G60枫泾和申嘉湖高速进沪道口是我们的工作重点，因为这里的车流量比较高，其他的则以巡查为主。在G60枫泾道口，一般来说是以白天检查为主，虽然不是24小时，但晚上会有人值班，天天有人，没有双休日。遇上需要突击检查整治，我们晚上也要出动的。

小年夜，我们突然接到了总队下达的任务，要在道口对进沪的外地车辆尤其是重点地区来沪的车辆进行检查。本来我们已经安排了春节

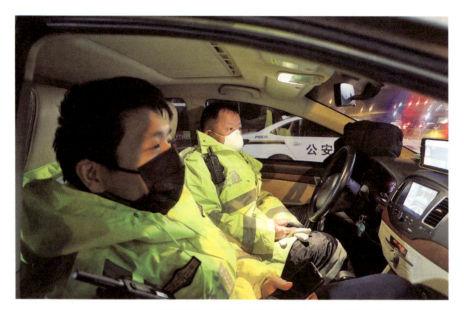

在 G60 枫泾道口，执行防控措施的交通执法队员们在车里严阵以待。

期间的轮休和值班，这一下计划全部作废了。我们队共有 32 名队员，其中有大概五分之一是家在外地的，辽宁、安徽、福建的都有，有两个外地的队员都已经回家过年了。

在这波任务下达之前，我们总队的五个支队已经进行了一波在高速公路主要道口对货车的治超行动，连续 20 多天，每天 24 小时，强度很高，队员们都很辛苦疲劳。本来大家以为行动过了，临近春节可以放松一下，春节好好休息一下。结果才过了十来天，就又接到了如此重大的任务。虽然休息计划泡汤，但是这是上海对于疫情的防控部署，大家毫无怨言，马上就投入到全员上岗的全天候作战。

全国高速公路省际收费站新年开始都取消了，刚刚取消了一个月都不到，没想到疫情一来，高速公路省际道口又要开始发挥作用了。一开始我们在 G60 的新桥主线收费站开始对来沪的湖北牌照车辆进行检查。

命令刚下达的时候，我们是匆匆上马，什么防疫装备都没有，总队的口罩都来不及下发，队员都是拿上自己在家里预备的口罩就

交通执法队员、公安干警和卫生防疫人员正在对一辆通过枫泾道口的湖北牌照车辆进行检查。

走上了岗位。好在这种情况就持续了几个小时，上级的防护物资就迅速下发下来了。现在我们防护服、口罩、护目镜等防护设备都配备齐全，防护措施很到位。

在道口检查现场，主要是公安交警、卫生防疫部门和我们交通执法三部分力量。公安交警主要负责是拦截车辆，我们主要是负责协助交警维持现场秩序，还有一些信息登记的工作，卫健委卫生防疫部门负责测量体温。刚开始的时候，我们心里还是有点慌的，但是看到卫生防疫部门的同志其实更危险，他们测量体温，和车主乘客是近距离接触的。相比之下，我们的危险程度就不算什么了。

小年夜那天上岗没多久，就拦截到一辆武汉的车，一家三口中，小孩测下来体温有39℃多，因此就直接由卫生部门派车送到指定医院去隔离了。开始几天，来沪的湖北牌照车辆蛮多的，我们在新桥设卡拦截检查的三四天里，每天至少七八十辆。大部分湖北牌照的车主都很配合，没什么太大的反应。有一小部分其实是在上海的湖北车辆，车主住在上海，这种情况我们要检查了车主身份证，核实信息后才放行。

从 1 月 27 日开始，上海的查控关口前移至省界，严格执行不分车牌的"逢车必检、人人过查"，我们也把检查关口外移到枫泾道口，逢车必检。

春节的后面几天，道口来沪的湖北牌照车辆数量明显下降，越来越少，一天最多也就十辆左右。这一方面是因为武汉"封城"，另一方面大家也响应国家号召，基本在家不出门了。这些湖北牌照车辆其实大多数也不是真的是从湖北过来，往往是相近省份的人买车上的湖北牌照。

从 2 月 1 日开始，上海实行了更严格的防疫管控措施，除了道口的进沪车辆每辆车都要检查，每个人都要测体温外，还要实行健康申报，工作量一下加大了很多。毕竟每辆车的检查登记都要耗费几分钟时间，道口难免有一些拥堵，一般都要两个小时左右才能通过道口。

2 月上旬，上海迎来了返沪复工的高峰，道口的待检车辆排队

交通执法队员在枫泾道口密切注意进沪车辆，守护上海的关口。

也越来越长，虽然总量相比往年的节后返沪高峰减少了有七成左右，但是道口压力还是很大的。好在车主们都比较遵守秩序，对我们的工作都比较理解配合。我们的执法队员时刻不停地指导每辆车的每个人通过二维码在健康云上进行申报，遇上一些不熟悉手机操作的老年人，还需要引导他们进行纸质健康表的填写。整个道口的工作人员都忙碌不停，很多人连口水都顾不上喝。

如此浩大的工作量，光靠我们支队这些同志是肯定忙不过来的。从 1 月底开始，上海市交通委机关和下属企业，抽调了很多同志到道口一线来支援上岗，缓解了我们的工作压力。松江区也组织了包括公安、城管和各行业的志愿者在内的 800 多人前来支援道口的工作。现在道口检查实行"三班倒"，每一班 8 小时，保证了 24 小时都能进行有序而严格的检查。

我们队员中也有女同志，有一位家里有两个小孩，但是执勤上岗无怨无悔。在外地的队员也主动请战，要求赶回来参与工作。这些事情都体现了我们执法队员的奉献精神，让我印象深刻，非常感动。

2003 年"非典"时期，我和不少队员也都参与过上海的疫情防控工作，我们肯定是久经考验的。目前，虽然不知道这种防控措施会持续多久，但是只要我们在一线一天，就要守好这座"上海堡垒"的关口一天。

发表时间：2020 年 2 月 11 日

COVID-19

◆ 胡军华，G60 沪昆高速枫泾公安检查站站长。

2 月 20 日是我虚岁 50 岁的生日。那天我在检查站的岗位上，妻子忽然打电话过来，说给我在电台点了一首歌祝我生日快乐。我一听，是我年轻时熟悉的郭富城的《对你爱不完》。

采访 | 王　煜　口述 | 胡军华

不知睡了多久，我醒了。看看窗外，道口的照明灯和来往车辆的灯光还很亮，让我知道还是夜里。时钟显示现在是后半夜，我索性爬起来，去检查站看看同事们。

这里是 G60 沪昆高速枫泾公安检查站。道口本来就是四面透风，凌晨的寒风更是刺骨，如果只穿一件大衣还不足以御寒。我对这种环境早已习惯，而他们很多是各领域来支援抗疫的志愿者，没经历过类似情况，不少还是年轻人。

一辆车开来，我们的工作人员迎上去，问情况、做登记、测体温，和平时一样认真到位。我看了看他们穿得够不够，去临时休息点确认刚换班下来的同事都有暖身体的热姜汤喝、能有取暖器暖一下手。看到这些都正常，我放下

2020 年 2 月 12 日，胡军华（左）在防控检查一线。（摄影：沈琳）

心来。

最近一个多月，我每天都睡在检查站。也记不清楚哪天能完整地睡几个小时，只知道整个生物钟都是乱的，无论多晚的深夜，只要道口有情况，我都爬起来处理；就算合上眼，心里还一直在想着会不会又出什么新的问题，有时要靠吃药才能安稳睡上一会儿。

最累的还是一月底，防疫工作刚开始的那段时间。

1 月 26 日晚上，我接到通知，上海的防疫查控措施要升级，要求 1 月 27 日下午 2 点要全面开始在检查站的防控检查工作，并且明确了是"站长负责制"。这就意味着，我是这道关口的第一责任人。

以前在这里工作时，我只需要负责公安一方面的力量，但这次除了公安牵头，我还要协调卫健、交通、城管和志愿者等多个部门，制定全套的工作方案。给我的时间不到 20 个小时。

其实，时间紧还不是最难的，最难的是原来我完全没有制定过这样的方案：以前无论是平时检查还是为重大活动做保障，是查人查车查物，都是看得见的，并且是有重点的抽查；但这次我们要查的是看不见的病毒，而且要每车每人必查，不能漏过任何一个。

再难，也要顶上去。因为我是这个站点的总指挥，方案做不出来，这"仗"就没办法打，这个关口就会出问题。我对自己说：哪怕拼了命，也要把方案赶出来。

终于，方案及时出来了。没有给团队做动员的时间，我让大家都先上岗，把活儿赶紧干起来，再跟他们说：这是正儿八经的"战时"状态，我们和"敌人"不是你死就是我活。和病毒的这场战争，总有人要奉献付出，如果害怕，你不去我不去，那最后我们所有人都会全军覆没。

检查刚开始的一两天，道口滞留的车辆非常多，最长延伸一两公里，我的压力非常大，既要保证每车每人严格检查，还要不停想办法加快通行速度，思维和身体几乎没有一刻能停歇。

那几天几夜，最难最累的时候挺过去了。之后就要靠坚持。站里的其他民警出于防疫的考虑，每上岗 14 天就轮换下去隔离 14 天，现在已经是第三批；而我和另外几个副站长是没有换班的，天天

胡军华通过地下通道走向车辆查控区。抗疫期间，这条通道他每天要走上十多个来回。

在岗。

整个检查站，疫情防控期间最高峰时有 900 多个人入驻，大大小小的事情我都得负责。扛着身体和精神的双重压力，实在累得不行的时候，我就找个能坐的地方靠着眯一会儿。

疫情在不断变化，对检查站的工作要求也不断在变。最开始是要解决车流等待过久，后来加上检查车厢等；复工之后物流车辆明显增多，又要想新的办法避免出现拥堵，提高检查和通行的效率。

许多时候，我都是和同事们一起连夜研究如何改进方案。说实话，不停地想新办法，我有时会觉得脑筋不够用了。但我理解这样的要求，都是为了更好地防控疫情，让更多人得到更好的保障。

要打好这场"仗"，一定得把每个细微的地方做好。兵马未动，粮草先行，我得保护好我们的工作人员，热姜汤和取暖器从一开始就给他们安排好。支援力量一批批不断地补充到检查站，我一遍遍地给所有人讲每一个工作细节。最开始的时候车辆等待检查的时间比较久，我看到有的司机实在忍不住了下车跑到绿化带解决"内急"，就马上安排调来了临时移动厕所。像这样的事儿，在岗一天，就要考虑和解决一天。

在这之前，我已经在这个检查站工作了 15 年。检查站在地点上本来是和收费站合一的，今年元旦开始，跨省的收费站取消，我的岗位从之前的在检查站定点工作，改为负责高速上某一段的巡逻检查。

以前工作时，我几乎是与检查站一步不离；工作变动后，虽然也不算离开，我还是非常不舍。这么多年来，我对检查站就像对自己的孩子一样爱护，把守好这道关口当作一份事业在努力，检查站也成为分局里的一面旗帜。没想到，变化不到一个月，我又以这种形式回来了。虽然防疫工作还没有结束，但至少到目前，我想，"西南铁关"的名声应该是守住了。

17 年前，我也曾对抗过疫情。那时我在解放军 411 医院负责后勤保障，医院当时也建了SARS的隔离病房。我那时穿着隔离装备，跟在医护人员后面，也经历过劳累和困难，但只要做好手头单一的事就行了；而这次的新冠肺炎疫情，摆在我面前的挑战要大得多。17年前我很年轻，一腔热血义无反顾；17年后的今天，虽然我已不再年轻，但心境依然如此。

我想这是军旅生涯带给我的影响。年轻时我在海军陆战队服役，那里的要求严格程度堪比特种部队。演习时我扛着枪打着背包，靠着椅子睡觉，准备随时上前线，去风浪里搏击；参加抗洪抢险时，就是跟自然灾害的实战。那时我明白：奉献是军人的天职，无论要为此付出任何代价。即使我已脱下军装，但这样的信念依然保留。

我在抗疫的岗位上，家人都很支持我，他们理解我是在执行光荣的任务，将来回忆，能感到人生是有价值的。儿子现在上初三，三天两头嚷嚷着将来也要参军。我家本来住在虹口，在枫泾这里上班每天来回有150公里路程。为了不让我太辛苦，几年前，妻子辞去原来的工作，让我把家搬到了松江。

抗疫期间，胡军华在检查站指挥室。

2月20日是我虚岁50岁的生日。那天我在检查站的岗位上，妻子忽然打电话过来，说给我在电台点了一首歌祝我生日快乐。我一听，是我年轻时熟悉的郭富城的《对你爱不完》。我很意外，也很感动。谢谢你。😷

发表时间：2020年3月5日

（图片除署名外由上海市公安局松江分局提供。）

◆ 孙明沁，上海海关关员。

我想说，疫情当前，不光是我们一线工作人员，而是所有人都在努力。

采访 | 应 琛　口述 | 孙明沁

　　记得 1 月 28 日晚，那是一个雨夜，我刚刚登临检疫完一架航班，回到上海浦东国际机场海关值机处的办公地，在门口正好遇上两位同事一路小跑准备出发，办公室里放着热了好几次，只吃了一半的盒饭。隔着蒙上一层薄雾的防护面屏，我们甚至连对方是谁都不知道。

　　我们当时还是 24 小时的班，早上 9 点交接班。距离这个点，我和同事已经连续工作近 14 小时，我们当天一共登临检疫了 100 多架航班。

　　对自身进行脱穿消毒后，我和搭档又要出发了。当时有 6 个需要登临检疫的航班几乎同时落地，分配给我的航班停在远机位，机上搭载了 26 名重点疫情地区来的旅客。

　　因为当时上海海关从其他关调派了很多同事来支援我们值机处和旅检处。虽然大家都具有医学背景，但他们对于我们整套流程还不熟悉。所以一开始，除了见缝插针地给他们讲流

结束了一天工作，孙明沁脱下口罩和护目镜，用手机拍了一张自拍。

程和设备的使用方法，我们都是采取"一老带一新或两新"的方式在实际工作中对他们进行培训。

在前往停机坪的车上，我反复检查仪器设备有无故障，所携带的单证表格是否准确无误是否够量，也在和新调来的同事复习上机后的操作流程。

来到远机位，看见航班正缓缓靠近桥位，远机舷梯迅速搭准舱门，下车后暴雨瞬间打湿了我们的防护面屏，一度让我们看不清前方的道路。我本能地甩了一下头，登上舷梯，确认了机上的信息后，示意航班机组打开舱门。

与当班的乘务长确认申报情况，交接旅客名单，锁定机上待排查人员具体方位后，我们出现在机上所有旅客的面前。

虽然平时我们也会有登临检疫的工作，但频率不会像近期这么高。所以，很多旅客没见过全身防护服的海关关员。我们刚上飞机的时候，还有旅客会拿手机拍照。有的是出于好奇，而有的可能会拿来发个微博，把我们的正常工作加工成不必要的恐慌。一般，我们会和旅客耐心解释清楚，请他们收好手机。到后面，这种情况就越来越少了。基本上大家都是坐在原来的位置，耐心地等我们开展工作。

当时，各个航空公司在有空位的情况下都会将这些重点团组尽可能安排在飞机的最后几排，一来是方便我们排查，二来也是与其他旅客隔开距离。我和同事便困难地穿过狭小的过道往机尾走去，途经旅客的脸上透露着各种情绪。待检查的旅客自然很紧张，但非重点疫情地区的旅客内心其实也很复杂。

这架航班还算顺利，体温都正常。我们对 26 个人逐一进行身份确认，体温检测，流行病学调查，以及医学排查。

"请问您是几月几日离开湖北省的？"

"请问您 14 天内有没有居住或者去过湖北省？"

"请问您身边有没有发热或者乏力干咳等其他呼吸道症状？"

"您的体温偏高，我将为您复测，请暂时取下您的口罩，张嘴抬舌、压舌闭口。"

……

我们会被口罩闷得喘不过气起来，只能靠着调整呼吸频率来降

孙明沁和同事核对航班信息，划出登临检疫重点。

低耗氧量。30分钟后，全部排查完毕，我们告诉航空公司，机上其他旅客可以放行。正在此时，前方的旅客居然集体起身。我下意识地紧张起来。

"我们可以鼓掌吗？"在一名旅客的带头下机上响起了热烈的掌声，久久未息。看着机上的气氛由凝重到放松，那一刻我整个人沉浸在被认同和幸福感中，感觉到了一线工作的必要性，我们的到来消除了机上乘客内心的恐慌，让他们能愉快并安心地回家。

实际上，从除夕夜到2月初，我们值机处和旅检处这两个位于口岸的海关一线部门都经历着这样高强度的工作。那段时间主要是重点疫情地区来的团组比较多。

就我自己来说，最高峰的那几天，真的是一分钟都不能休息。脑子里整个都是蒙的，完全不能思考其他任何事情。因为不喝水，不上厕所，只能逮着机会扒上几口饭，完全是靠反反复复过检疫流程才能给自己"打鸡血"，保持清醒。

那段日子，每天从交接班开始，电话铃声便持续不断。"喂？海关吗？这里是某某航空，我们从东京回来的航班上有8名重点旅

海关关员在航班上进行检疫。

客，预到时间是00:55。"我们处的接线员快速在本子上做着记录，一天下来本子上密密麻麻写满了航班号。

每次经过24小时的连续工作，下班回到家，基本上需要在家休息很久，才能缓过来。

虽然很累，但在工作的过程中，整个流程越来越顺，旅客的配合度也越来越高。而这些天航班量的下降，重点地区来的主要以散客为主，我们也调整了排班，整个工作强度较之前有所缓解。

通过我们的有效排查，在我们的转诊送指定医院、转运送指定隔离点的旅客中，其实后来经过发布的是有确诊病例的。

而除了我刚才提到的全体鼓掌的时刻，还有许多令我感动的细节。

我记得在测温过程中，一名旅客说道，我们一路上特别小心，连喷嚏都不敢打，每天测量体温两次，就怕给别人添麻烦。

还有几个六七岁的小朋友。他们这个团里因为有发烧的同行者。其他人是要作为密切接触者送往指定地点隔离观察的。你会发现，有时候大人的焦虑情绪，小孩也是会受到感染的。他们见到我们第一句话居然是："阿姨，上海很安全是吗？"然后又会说："这次都没能好好玩，有些失望，但想到现在这个情况，也只能算了，以后再去。"

我想说，疫情当前，不光是我们一线工作人员，而是所有人都在努力。

发表时间：2020年2月15日

独自进武汉当心理志愿者，我竟也两次崩溃

◆ 毛平，军人出身，转业后曾经在北京蓝天救援队工作，现在在北京做律师。

早春的武汉春风拂面，这两天接到爸妈打来的电话，询问我的近况。我告诉他们我过得好着呢：吃着大餐、住着五星级的酒店。其实，我特别想念妈妈蒸的馒头，就算只就着大蒜，我也能吃两个碗大的馍馍。

采访 | 周　洁　口述 | 毛　平

昨天中午我吃到了久违的花卷，比泡面的滋味香多了。虽然我不太介意吃喝，但连续吃了快一个月的泡面，鼻子里似乎总闻到泡面的味道。

山东到武汉，在平时，坐飞机只需要一个多小时，就算是火车，7个小时也足够了。但2月1日，我决定到武汉做志愿者的时候，整个湖北都封路了，拉着三个行李箱、两个背包，我坐火车、坐滴滴专车、坐三轮车甚至还走路步行，绕行兖州、洛阳、信阳、武胜，辗转多地，2月4日，终于成功到达武汉。

您问我为什么非得去武汉？

我觉得我能帮上忙。

我是军人出身，转业后曾经在北京蓝天救援队工作，救助经验丰富，现在在北京及苏州从事知识产权相关的工作。2008年汶川大地震时，我以志愿者的身份和几个朋友一起去了灾区，在四川省绵阳市北川县陈家坝镇和宁夏的消防总队并肩战斗。

我有急救护理经验，长期学习心理学，做过心理咨询。因此，在疫情变得越来越严重后，我觉得来这里能发挥我的价值。瞒着家人，我悄悄联系了华中科技大学附属同济医院和武汉大学中南医院，他们急缺护理人员及心理咨询师，答应接收我作为志愿者。

一天接上百个求助电话

从信阳跨过省界线到湖北的时候，警察对我说："你想好啦？现在回头还来得及，还可以回去，进了你可能就出不来了。"

我笑着回他："会出来的，只是会晚点。"

我的三个箱子装的是一个月的存粮和半行李箱药品，得知我要去武汉，还有朋友给我买了保险。所以，就算是爬，我也得爬到武汉。

但真正到了武汉，情况有了变化——武汉出了一个新规定，医院不能单独接收个人医护志愿者，只能市卫健委统一安排。虽然我的名字报上去了，但迟迟得不到批复。

护理工作做不成了，但也不能闲着呀。当地志愿者给我找了一个小酒店，有了落脚的地方，我把我的电话号码公布在网络上，朋友们也帮忙不断推广，通过电话，我开始做一些心理咨询和辅导。

一开始主要接听的都是朋友的朋友电话，慢慢地，来电话的人变得不熟悉了，电话也越来越多，最高峰的时候，一天能有上百个电话，每天早晨6点起床到晚上睡觉，我的两部手机一直不停，忙得连饭都来不及吃，而接收的大部分都是负面情绪，那段时间，我的耳朵常常因为接听电话时间过长变得难受——其实电话咨询在哪儿都能做，但我人在武汉，对于武汉的朋友来说，可能会对我更加信任。

找我的人里，有因为害怕这个未知病毒的，有对于不熟悉的处

毛平在武汉期间采买的部分物资。

境感到担忧的，大多数人则是来求助的，我常常一个电话打半个小时，通过医生朋友，我了解到发热者想做核酸检测应该要走怎样的流程、去哪些医院能检测等，我也把这些信息告诉找我帮忙的朋友，甚至尽己所能帮他们联系到医院。

做电话心理咨询大概一周后，我发现了一个现象。跟我求助的人里，主要是大学教授、高级白领、私企老板等，换句话说，我的服务对象里大部分都是社会中产以上，他们手里的资源相对较多，但更需要帮助的中低收入者却很少联系我。

我想到，这群"失声"的人，他们可能连手机都不会用，没办法给我打电话，不会抢购口罩，甚至连温饱都解决不了，他们才是我来武汉的目的。

因此，我就通过在武汉的朋友帮忙，深入社区，还有很多朋友通过微信给我转钱，我拿着这些钱在当地购买医护物资，包括口罩、酒精、84消毒液等防护用品，体温计、药品、营养品等，再送到非常紧缺物资的患者、社区工作人员以及医护人员那里。

当时，我每天跑几个药店，自己采购、分拣、配送分发等，口罩还是限购的，但药店知道我是买来捐赠的，就会让我多买些，到货也会给我预留。近的地方，我就步行去送，远的地方会托快递小哥，后来志愿者给了我一辆电动车，我就骑电动车送。

戴着蓝防护帽、白口罩，穿着蓝外套、黑裤子，再在脚踝处套个塑料袋，这就是我的防护措施了。这期间，我还给需要的人做心理疏导，很忙很累，但很充实。

方舱医院里的"祥林嫂"

2月19日，我随新疆建设兵团医疗队进驻武汉客厅方舱医院，跟随心理医生张桂青，为确诊患者做心理疏导。

在方舱医院，我第一次穿上正式的防护服，是一种窒息憋气的感觉，真实感觉到医护人员真的很不容易。

到的第一天，有人知道心理医生来了，就有患者找到我说，你赶紧去看看一个老太太。原来，这个老太太进了方舱医院以后，每天都在打电话哭诉，她的老伴因为新冠肺炎已经去世了，她的情绪很不好。说实话，这些经历，旁边的病友听第一遍的时候，觉得她很可怜、很同情，但要是天天听，加上老太太嗓门也大，也受不了，而且方舱医院的病房很大，周围的病友也被带得情绪不好了，大家都有些沮丧。

所以我到她床边以后，就握着她的手，跟她聊了很长时间。其实心理咨询大多数时候也是在倾听，他们需要倾诉，最后我再给她一些建议，告诉她我能为她做些什么。我告诉她，她必须要好好照顾自己，康复了才能做自己想做的事，以后有什么事，就写下来，她慢慢也就平静了下来。

在方舱医院里，我发现自己很受欢迎。或许是因为这个病目前没什么特效药，医护人员没啥办法，但我做心理疏导，往往一交流就是一个小时。聊着聊着，大家就处成了朋友。

后来，方舱医院渐入正轨，我就到了武汉商职医院。相对于金银潭、协和、同济这些大医院，商职医院是一家二级医院，很多运到武汉的物资都送不到这里——就我的观察来看，其实武汉现在并不缺物资，但是在分配上存在一些问题，比如很多定点医院，知名度高的医院，政府的分配上会优先照顾，还能接收社会的定点捐赠，但商职医院这样的医院，知名度低，我们进病房，连套像样的防护服都没有。

于是，我开始给商职医院的医生护士找防护物资，还把这一情况反馈到了指挥部。没想到，指挥部要求整改的通知下达到区以后，有人还埋怨我，但基层的医护人员给我发消息：毛老师，我们都支持你。

我觉得我还挺开心。

这两天，我给医院搞了点鲜牛奶，医护人员需要营养，病人也需要。

社区工作人员在我面前崩溃

很多时候，我在社区帮忙。有一起工作过的社区干部也被病毒感染了，我想去医院看他，他死活不让我去，怕我被传染，风险太大。

你看，疫情面前，就是这样，有些人让你恼火，有些人让你流泪。

记得2月10日，时任武汉市委书记的马国强说，截至2月9日，武汉户数排查的百分比已达到98.6%，人数排查百分比达到99%，并争取在2月11日完成所有疑似患者的检测清零。

这个数据很快遭到了网友的质疑。身在一线的我，也抱有怀疑态度。当时，我在武汉水果湖街道支援工作，但当时该街道仍有180余名确诊患者得不到收治，其中有一部分还是危重症患者，他们被迫与健康的居民居住于同一小区，增加了病毒传染的风险。在武汉，像水果湖街道这样的基层社区还有100来个，保守估计还有10000多例未收治的病人。

我把收集的这些情况写成了一份报告，建议社区要进行拉网式的排查，把病人都找出来，这份报告被辗转递给了负责部门，据说很快就批示了。过了几天，2月13日，这一天，武汉市新增了13436个确诊患者，是前几天的六七倍。

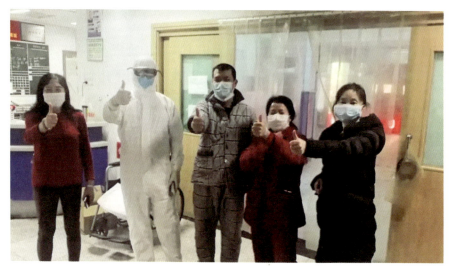

毛平和商职医院的患者。

我不敢说这份报告在其中起到了多大作用，毕竟负责部门有很多消息渠道。但 13436 这个数字出来以后，再走到武汉大街上，能明显感到氛围要比以前轻松了很多。

不过，由于武汉要求社区严格实行社区封闭管理，这两天找我的人又变多了。前阵子，一个保安出现了比较严重的精神问题，我过去处理了之后，他情绪暂时稳定下来，但我还是希望他的父亲能尽快赶来照顾他，因为现在他的情况，需要一个既亲近又有威严的人在身边，才能疏解他。由于干预及时，这个小伙子如今已经恢复了正常。

当天，处理完这个案子以后，我去社区的办公室坐了坐。社区的小姑娘跟我聊着聊着就哭了，她年纪不大，非常时期的氛围让她崩溃，我默默地听她说话，尽我所知给了她一些建议。

那天回到家，已经晚上 11 点了。

我也曾两次崩溃，还想做女儿的超级英雄

疫情发生的一个多月，太多人情绪绷不住，甚至我也遭遇过情绪的崩溃。有一次我刷视频看到一个小女孩被隔离了，心里特别难受，因为我也有一个 8 岁的女儿，一下子感同身受。

最近，我想起碰到的一些不愿意担事的领导，还有一些说风凉话的人，我也问过自己，这么跨越 1000 多公里，经历重重困难跑到武汉，是为了什么？

我现在住在朋友的民宿顶层，买不到菜买不到水果（因为超市不对个人出售），要是去医院去社区能吃顿工作餐，但早上晚上往往就是一顿泡面了事，真的有意义吗？

最难受的时候，我把我的这些疑问发到了朋友圈，很多朋友安慰我。我想：嗨，毛平，你来干吗了你，你不就是志愿者，自愿要来做事的吗？做事不是要得到表扬。孩子的妈妈看到了朋友圈，也跟我说，我只要对得起我自己就好。

其实，1月初的时候我来武汉出过差，在武汉待了两天。回到北京以后，我的状态不太好，但还是频繁出差，去了广州、郑州、济南等，后来就发了高烧，浑身无力。

　　平时我的身体不错，当时生病的感觉是这么多年没有过的。高烧、头疼、咳嗽、胸痛……我对照着网上新冠肺炎的症状，觉得自己简直完全一样。我联系了那些天出差遇到过的所有朋友，告诉他们我的情况，希望他们暂时先自我隔离。

　　后来，我的病情一度恶化，我甚至有个念头：我的生命是不是就走到这儿了？

　　不过，到了腊月二十九，我的身体慢慢恢复了。到现在，我依然不能确定我得的是不是新冠肺炎，幸运的是，当时跟我接触过的人，没有一例感染的。但年前的这场病，让我坚定到武汉的心，另一个原因是，我还想用行动告诉女儿，什么是更有意义的事。

　　来之前，朋友给我买了上百万保额的保险，我跟孩子妈妈说：万一，假设的事发生了，告诉孩子，这样的人做她父亲，不丢脸吧？孩子妈妈对我有些无语，但最后她宽慰我：爱你所爱，行你所行，听从你心，无问西东。

　　早春的武汉春风拂面，这两天接到爸妈打来的电话，询问我的近况。我告诉他们我过得好着呢：吃着大餐、住着五星级的酒店。其实，我特别想念妈妈蒸的馒头，就算只就着大蒜，我也能吃两个碗大的馍馍。

　　武汉，一起加油吧！

发表时间：2020 年 3 月 7 日

为了1800份医院的早餐，我们一宿没睡

◆ 石在余，自选中餐连锁品牌"大米先生"在武汉的区域行政总厨。每天为武汉的医院和隔离点等提供上万份饭菜。

除了菜品的装卸、运送外，我还要负责为各个医院不同的人群制定不同的菜谱。比如，护士群体需要增加抗疲劳的食材，专家组的菜品可略微清淡，而建筑工人的菜单，则需要大油大荤。

采访 | 刘朝晖　口述 | 石在余

昨晚到今天，我和我的兄弟们干了一个通宵，因为要紧急制作1800份早餐。现在我还是不能睡，新的一天，我们还有沉甸甸的任务，武汉还有很多医院和志愿者在等着我们配送午餐和晚餐。从"封城"到现在，我们每天做的事情，就是让那些在抗疫一线的人们，能吃上热腾腾的免费新鲜饭菜。

我叫石在余，是一家自选中餐连锁品牌"大米先生"在武汉的区域行政总厨。在武汉我们有160多家门店，疫情一来基本都关闭了，现在只有十几家经允许特别营业。就靠着这十几家店，我们每天要为武汉的医院和隔离点等提供上万份饭菜。

10000 份米饭送到晚上 8 点

大年三十，网上流传着武汉的医护人员吃饭有困难的消息，我们在重庆的总部得知后，立即从库房中调出 4000 份自热米饭，又召回部分已放假的工人，大年初一赶制出 6000 份自热米饭，凑成 10000 份运往武汉。由于交通管制，运送过程并不顺利。我们的同事通过发朋友圈求助，最终在热心市民的帮助下，才找到了相关部门办好了手续。

通过湖北慈善总会等部门协调、帮助，大年初三，我和五名同事一起，又是卸货又是装车的，把 4000 多份自热盒饭送到了武汉大学中南医院。其余的送到武昌区卫健委，由卫健委统一分配给武昌区各大医院。弄了整整一天，一直忙到晚上 8 点，大家伙都累得不行，但是心里还是很欣慰的。接收的人员对我们表示感谢，我说应该感谢的是公司，我们只是代表企业在前线做事。

我也知道，这 10000 份米饭对于武汉各大医院来说，只是杯水车薪。要想给在前线奋战的医护人员提供帮助，我们必须尽自己所能，用自己的资源，给他们更多的支持。正好烹饪协会发了招志愿者的通知，我又是协会会员，第一个就报了名。然后我就在公司的微信群里进行了倡议，很多人都是我的徒弟，大家报名都非常踊跃。到后来，报名的人太多，居然都要"托关系走后门"才能报名了。

为火神山医院工地送餐

由于很多餐饮企业都关门了，武汉的医院、隔离点的酒店等对于餐饮的需求真的是很大。我们主动与烹饪协会、各大医院、商务局等进行对接，了解他们的需求，我的微信里最近已经新建了近 30 个群，都是进行需求对接和协调的。还有一些志愿者车队，运送患

疫情期间，"大米先生"的部分员工坚持上岗，每天在厨房烹饪制作可口的饭菜。

者和医护人员以及物资，也是在为抗击疫情作出贡献，我们也会为他们提供免费盒饭。

这些群每天都很热闹，各个用餐单位会不断发来当日的订餐数量，然后我要再协调落实，派单给十几家店，几乎没有空闲。随着各地援助的医疗队不断前来，这些数量也在不断增加。有个医院的微信群里面，有个医生发了一句：我终于吃到米饭了，我们都十几天没有吃到米饭了。当时我们看到那个信息，既为医护人员能吃上我们送的免费餐食高兴，同时鼻子也有点酸。

火神山医院开工建设后，听说担任建设任务的中建三局伙食供应不上，我们主动联系了中建三局。对方开始说要付费，我说你们是在为抗击疫情作贡献，我们能为你们提供免费的盒饭，机会难得，弄得对方也挺不好意思的。于是我们每天往工地上送午餐和晚餐，有700多份，到火神山医院完工，六天时间里一共送了4000多份免费盒饭。

两荤一素的盒饭送到火神山医院工地上，工人们对菜品的味道还是满意的，但是不少人反映说饭量少了。我反应过来，建筑工人体力消耗巨大，一般标准饭量的盒饭无法满足他们的胃口，所以接下来我们不仅加大了饭量，还在菜里增加油荤，让工人师傅们能吃饱吃好。

1800 份早餐需求突如其来

现在，我们每天要提供 10000 份左右的免费盒饭，包括午餐和晚餐，其中有将近一半是送往各大医院。长航医院、协和医院、肺科医院、第四医院……有七八家医院都是我们在负责送餐。这段时间以来，医护人员对我们免费送餐的行动都表示了感谢，能够被他们认可，我们的心里也热腾腾暖洋洋的。

2月18日晚上，我的微信群里突然发来信息，同济医院中法新区院区需要 1800 份早餐。对接的主任说，他们的医生护士早餐一直在吃牛奶加面包之类，想吃点热乎的早餐。当时已经接近夜里 10 点 40 分，这一下搞得我有点手忙脚乱。之前我们每天送的早餐总共也就 1000 多份，而同济医院这次一家就是好几个医院的量。

我立即召集各家店的店长，在群里开会进行紧急部署，询问哪家店能接单。这个突然之间下的单这么大，又比较急，配单的群里，店长们看到都有点害怕。我的想法是，这个单我们必须要拿下来，一定要满足医生护士们的这个愿望。

经过连夜忙碌调配，我们终于将这 1800 份早餐的原料都落实了，然后就是紧急的制作，9 个人再去一家家店里用最快的速度将做好的早餐打包装进保温箱，此外还要协调车辆，联系医院办出城的通行证。我们要赶在 7 点前将早餐送到医生护士们的手上，因为 7 点后他们上班了，就没办法吃早餐了。2月19日早上 6 点，我们出发赶往 40 公里外的蔡甸中法新城同济医院，终于在 6 点 40 分将早餐送到了医院。

建设火神山医院的建筑工人们在工地吃上了免费盒饭。

为了这 1800 份早餐，我和一帮同事整整忙了一个通宵。这份早餐有两个鸡蛋、一杯豆浆、一个烧麦、两个蒸饺和一个馒头，希望这些富含蛋白质的营养，能够帮助医生护士和专家们提高自己的免疫抵抗力。

元宵节的汤圆让护士掉泪

除了菜品的装卸、运送外，我还要负责为各个医院不同的人群制定不同的菜谱。比如，护士群体需要增加抗疲劳的食材，专家组的菜品可略微清淡，而建筑工人的菜单，则需要大油大荤。虽然我们的原料采购目前基本还能满足需求，但是非常时期，也不是那么丰富，所以我就要想办法在菜品上翻翻花样。

比如说最近原料里鸭子比较多，我们就从口味上来改变了：今天是红烧鸭子，明天就做大王烧鸭，后天就做卤鸭腿。做法上不一

元宵节当天，"大米先生"为坚持在抗疫一线的医护人员特别准备了7000份汤圆。

样，吃的人也会有不一样的感受，不会倒胃口。我们的菜单拉出来一个星期都不会重复。这个时期，大家心情都不太好，我们希望尽量从饮食上让大家心情愉悦起来，食欲好一点，增加对病毒的抵抗力。

有的医院还会有清真餐食和素食的需求数量发过来，我们也能满足他们的需求。定制的清真餐，菜品以牛羊肉和鱼类为主，进行单独包装。素食则是蔬菜、土豆、胡萝卜什么的。

元宵节那天，我们还特地在盒饭外加送了7000份汤圆，里面还有枸杞和蛋花。送餐的时候，我看到有好几个护士在看到居然有汤圆的时候，眼里都含着泪花。元宵佳节，这些医护人员都不能与家人团聚，我们送上这份汤圆，也是想尽我们所能，给他们更暖心的关怀。

儿子说我是英雄

现在，在武汉我们有100位员工在坚持工作。很多人每天早上4点多就要起来，5点到岗，洗菜淘米、加工烹饪、包装盒饭……我也要经常到各店巡视，有时候会下厨帮他们炒菜，送盒饭。每天都是要忙到晚上8点以后，我才能拖着疲惫的身体回宿舍休息。弟兄们也一样辛苦。由于公交都停了，私家车也不让开，有个同事上下班都要骑一个半小时的共享单车。小区的封闭管理也给我们工作带来了一些不便。前几天有一家店里8个人，有5个被封在小区出不来，只靠3个人完成了当天任务。好在这两天经过和社区的协调沟通，我们的员工基本都能顺利到岗了。

虽然很累，但是我们的热情都很高涨，精神都很饱满。在群里，大家都会互相点赞，团队意识都很强。大家都意识到，我们是在做一件非常有意义的事情，是在为社会作贡献。我们做餐饮的不像一线的医护人员，虽然也有苦累，但是比起他们的辛苦和危险，就不算什么了。不过等疫情过去，还是要对这些辛苦付出的员工进行表彰的。

本来我是准备回家过春节的，家里有一堆事。山东老家的父亲病重住院，8岁的儿子也在重庆的家里等我回去。被关在武汉，说不心急是假的，没能回去陪伴家人也挺遗憾的，觉得挺对不住他们的。不过想想，既然留在了这里，就踏踏实实地做些事吧。

家里人都对我表示了理解和支持。每天，我都会和父亲和家里人进行视频通话，他们也很关切我的身体，叮嘱我注意安全。父亲和我说，要是他还年轻，也会作出和我一样的选择。

前不久，《长江日报》记者采访了我，也对我们团队的事情进行了报道。我把这件事告诉了家里，儿子在视频中对我竖起了大拇指，还说："爸爸成大英雄了！"我心里面就有那种欣慰和自豪的感觉。儿子的话鼓舞了我，我一定要为他做个榜样出来。

其实我不算什么英雄，那些战斗在抗疫一线的人才是英雄。有这些英雄在，武汉一定会渡过难关。

发表时间：2020年2月21日

COVID-19

◆ 朱　仁，来自上海的"80后"餐馆老板，从 1月26日开始至今，一直坚持为定点收治新 冠肺炎病人的医院医护人员们免费提供午餐。

　　来自上海的"80后"餐馆老板同样用 自己的方式在武汉抗疫一线传递着爱心。2 月16日，在周刊读者、宽带山网友华东政 法大学陈波老师的帮助下，记者辗转联系 到了帖子的作者，即本篇故事的口述人朱 仁。接受采访时，他刚刚完成了当天的送 餐工作。

采访 | 应　琛　口述 | 朱　仁

　　我不知道当初辞职离开上海，到武汉创业 的选择对不对，但是这段时间的经历，让我觉 得自己做了人生中非常正确的一个选择。当老 了之后，我想仍是可以拿出来说道说道的。不 是说，我作了多少贡献，至少我给7岁的女儿 树立了一个好的榜样。

　　每天23点左右，我嫂子就会陆陆续续将第 二天医院的订餐信息发给我和厨房的同事。我 一般会先数一数订餐量，心里有个底。但因为 有些医护人员是半夜回到酒店后才开始订餐，早上起来也有些会订单，所以只要时间允许，我们都会随时加单。

现在算起来，从 1 月 26 日开始，我们为医护人员免费提供午餐已经持续了三个星期。

老婆公司的老板让她立刻下车回上海

我今年 36 岁，是个土生土长的上海人，之前在上海某百年企业旗下的一家香精香料厂上班。

有一个表哥在武汉做生意好多年了，其中包括餐饮。每年春节，表哥一家人都会回上海和我们一起过。席间，也听他提起过日后有拓展店铺的计划。去年春节，我带着家人去武汉旅游，看到了武汉发展变化之快，也去表哥店里吃了饭。回来后，我就在想，我今后的人生轨迹是不是可以有些新的变化。

就这样，2019 年 7 月，我辞职来到武汉跟着表哥一起开新店。表哥当时已经有两家店，一家日式自助餐和一家韩式烤肉。他计划再新开两家。我来了之后，他就让我从零学起，参与了其中一家新

餐厅的员工在备餐。

店从选址、设计、装修、采购、施工，到招聘、管理等整个过程。

今年1月8日，新店开始试运营，刚开始的营业状况非常鼓舞人心，大家也沉浸在成功的喜悦之中。我没有辜负表哥对我的期望，对自己的未来也充满信心。虽然当时，已经有一些关于新冠病毒的报道和消息传出，但武汉当地人其实并没有很在意。尤其像我在的汉阳区，离华南海鲜市场有20多公里，完全没有病毒来袭的紧迫感。我没有过多关注疫情的消息，还一门心思在钻研春节期间如何使新店正式步入正轨。但不曾想，不到两周，由于新冠肺炎疫情，就被迫暂停营业了。

其间，我和老婆一直没有改变过今年在武汉过春节的计划。1月21日，老婆和女儿乘坐提前一个月"拼老命"抢到的春运高铁票来到武汉。汉口火车站离华南海鲜市场很近，但路上不戴口罩、扎堆的人比比皆是。

相反，老婆公司的老板倒是非常警觉。他给老婆打了个电话，让她马上下车，买票回上海。可当时列车已经驶过安徽，老婆回答："我们坐的是高铁，不是地铁，下一站就到武汉了。"

老婆到的当天晚上，我们一家人还在饭店里聚餐，没有感到周围有太大的波澜。饭店内仍然人头攒动。第二天，我还带着老婆孩子去市中心的商场转了转，计划过年期间再带她们好好在武汉玩一下。

开始送餐，在网上看到医护人员每天吃泡面

但也就是在1月22日，武汉市政府发布了疫情通告，武汉几家最大的商场和超市全部关门了。我们本想预订年夜饭的，也被饭店告知不营业了。汉口的国广、武广，武昌的汉街等全部在中午接到闭店通知，什么时候开门另行通知。这是什么概念，相当于上海的南京路步行街和淮海路关闭了，这个时候感觉事情有点不对劲了。

随即，本来想在过年期间大干一场的我和表哥商量下来先放 3 天假看看形势。

1 月 23 日，老婆一起床看手机就跟我说武汉"封城"了。我一开始还不信，结果一看手机，是真的。凌晨 2 点发布的消息，上午 10 点出城的高速也全部关了。这个时候，我才感觉事情真的很严重。

当天，家附近的超市基本被清空了，所有的速冻食品、方便食品、绿叶菜、肉

送餐至协和医院。

类等统统抢光。幸好，我表哥下午开车带着我去了另外两家大卖场，才把食品采购齐全了，买了一些生活必需品和食品。表哥还给了我一箱 3M 口罩、一瓶酒精、一堆药品：板蓝根、莲花清、抗生素等。

大概也是我们夫妻俩心大，既然出不去，那就在武汉驻守。日子总要过的，大年夜我们吃了火锅，还包了饺子。

年初一，老婆孩子在家看看电视，各种视频拜年。表哥开车接我去了店里开个员工会，准备商量一下接下来的打算。

所有人到齐后，各路信息汇总，表哥说现在疫情严重，预计放假 7 天再看，别人什么时候开业我们就什么时候开。我们有一家店是武汉最大的日料放题店，春节期间原本备了很多货，表哥提议，医护人员奋战在一线，每天却只能吃饼干泡面，我们有食材，有留守的人员，不如联系一下医院，可以给医护人员送爱心餐，尽我们一份绵薄之力。

说干就干。我们先是联系了供货商，然后又去食药监局报了

备，拿到了车辆通行许可。

但最麻烦的是，我们是做自助餐的，平时并没有外卖盒。当天下午，我嫂子的弟弟跑了好几个市场，电话打了3个多小时，才在一家没能在"封城"前回家过年商户的仓库里找到了3000个打包盒，等于清空了他的库存。

当晚我们就做了送餐海报通过饭店的公众号推送。没想到过了两个小时，就有医生加了微信订餐。接着，发来订餐的医院越来越多。

经过筛选，我们只选择在三家店周边区域的几家大医院进行送餐，一是因为只有两辆车参与送餐，忙不过来；二是所有送的餐都是现炒出来的，要保证一个小时全部送到位。两辆车分成汉口和汉阳两片区域，各派一辆车送。

武汉的同济、协和、中心医院、新华医院、金银潭医院，还有第五人民医院这些最早定点收治新冠肺炎病人的医院，都在我们的送餐范围之内。

第二天，我就开始了直到现在仍在继续的送餐生涯。

我只是送个餐，护士却数次对我90度鞠躬

送餐的第一天就发生了让人后怕的一幕。

第一天接单的晚上，有一个自称是武汉金银潭医院的医生发消息来问："一客饭，你们送不送？"对方说如果不送也没关系。想到金银潭医院是第一批收治新冠肺炎病人的医院，医生一定很辛苦，我们最终还是答应了他的请求。

送餐时，表哥由于找不到接头人，居然直接只戴着一个口罩，就捧着炒饭走进了病房区。看到周围都是身穿防护服的医生，表哥就发觉苗头不对，想要撤。但对方这时告知他，自己是已经被隔离的医生出不去，希望表哥把饭放在病房门口的护士台。既然答应了

送餐，表哥也只有硬着头皮往里送了。

送完之后，表哥再三叮嘱我，以后千万不能进医院大楼，只允许送到外面，并让我每次一定要做好充分的防护措施，口罩和护目镜必须戴着，消毒水也要随身带。

某天接头的护士很早便在医院门口等着我，从看到我从车上下来，到把饭端到她手上，再到我转身上车，她全程不停地90度深鞠躬致谢。当时，我还在想，我就送点炒饭，不至于这么客气。

后来表哥跟我说，这些武汉本地的医生在前期的疫情暴发阶段实在太累太辛苦，一天都吃不上一顿饭，已经吃了一个多星期的泡面了，能吃到这些米饭对他们来说简直就是珍馐美味了。

在医院里，我们还碰到过上海来的医生。据他说，这边的条件确实不太行，人少、设备少、病人还多。在上海，可以做到4个小时一个轮班，这样即便全身防护服不吃不喝不拉，4个小时还能扛一下；但他们没来支援之前，这边的医护人员往往是8个小时一个轮班，有的甚至12小时。12个小时不吃不喝不拉，谁吃得消！但是没办法，病人太多。

再联想到之前鞠躬的护士，我觉得整个人像被打了一拳一样。以前送餐，对我来说更像是完成表哥交代的任务，但从此之后我就对自己说，只要我们有条件、有能力，就一定要给这些医护人员送最美味的饭菜，食材都挑贵的来，菜品也要更丰富一些。

我们应该说是武汉市最早一批给医护送餐的志愿者了。一开始，我们就尽量做"豪华"炒饭，除了鳗鱼盖饭、肥牛盖饭之外，我们还会做三文鱼炒饭加鲍鱼。大约过了5天，各个供应商看到我们的行动后纷纷表示愿意支援。他们开始捐助物资和食材给我们——有人送了两吨大米，有人送来了三文鱼，有人送来了鲍鱼，还有人送来了四季豆、青椒等蔬菜。

有些医护人员问能不能送汤，我们就用乌骨鸡炖鸡汤；有的医生提出，可不可以有酸奶，我们就去超市买当天最新鲜的；还有一个护士说生日，问我们能不能送个蛋糕，我跑了很多家店都说没有，最后给她送去了一盒巧克力……

在元宵节当天，我们还特意从卖场买了汤圆，每份饭都会再送一盒汤圆。有段时间，有供应商送来很多苹果，每份饭也会配一个苹果。

总之，医护人员们提出的要求，能满足的我们尽量都满足，为的就是让他们吃得好一点。

渐渐的，我们在医护圈里也有了不错的口碑，有些比较远的医院也会找我们订餐，但因为运力有限，实在送不了。他们也表示理解，有时会派人到我们店里来取餐。

每天我们都会收到医生护士发来的感谢。有的医生还送了护目镜和手套给我们。他们还会自发在朋友圈和大众点评上为我们打广告。

但这个时候，这些都不重要了。你们守护病人，我们守护你们。

女儿发烧，我一下子慌了

送餐期间，还发生过一段小插曲。7岁的女儿出现发烧，一度烧到39.4℃，还伴有整夜干咳、没胃口以及呕吐的症状。我觉得，99%符合新冠肺炎的症状了。

直到这个时候，我才真正感到害怕。老婆也吓坏了，一度还责怪我是不是因为去医院送餐把病毒带了回来。

我极力保持冷静——每次送餐我都做足了防护，交接完后立即消毒，车子也喷洒消毒液，回家后也是马上对外衣、鞋子进行消毒，所以，应该不会是我。

安抚好了老婆，我们决定暂时不去医院，因为知道由于交叉感染，大量的人因此得病。再说，如果小孩确诊，我们两个大人也逃不掉，紧接着表哥、表哥家人、店里所有人全部要隔离。这样的牵扯面太大了，所以我们没敢跟任何人说这个情况，让女儿在家观察。只是打电话回上海，我妈和阿姨都是医务工作者，对基础护理还是有所了解的，听了他们的意见，先给女儿服用了一些退烧药，然后每天测量两次体温，规定她必须喝 1.5 升热水。如果一旦出现病情加重的情况就立即送医院救治。

在连续发了三天的烧之后，女儿终于逐步退烧了，咳嗽也有所好转，开始有鼻涕流出，也能咳出痰液。这个时候悬着的心一下子掉下来了，就是普通发烧感冒。

> ‹ 惠苑医护爱心餐群❤️(70)　　　　…
>
> #接龙
> 惠苑2月17日订餐预定
>
> 1. …房号…份
> 2. 9628房号1份
> 3. 🦊 9521 2份
> 4. 婷婷 503 1份
> 5. 🦊
> 6. 9606 1份
> 7. 328 号一份
> 8. 532房1份
> 9. 435房4份
> 10. 325房2份
> 11. 黎氵 310房2份
> 12. 9515房1份
> 13. 程莉君 529房一份
> 14. 嘟🌸 533房一份
> 15. @一@sj 蜂蜜女神 301一份
> 16. princess 302一份
> 17. 608 一份
> 18. 417一份
> 19. 木莲庄340房1份
> 20. 木莲庄8345房3份
> 21. 惠苑507房4份
> 22. 惠苑419房2份
> 23. 惠苑527房2份
> 24. 惠苑311房2份

每天收到的订餐信息，订餐数在不断增加。

这三天里，老婆天天抱着女儿流泪，女儿也通过新闻对这个病毒有点了解。小家伙也怕，每次给她量体温，一旦出现 37℃以上，她就说这个温度计不准的。明明听到她干咳，她还会说：我是有痰的，只是咽下去了。这让我既好笑又心酸。

经过一周的恢复，女儿又活蹦乱跳的了。我感觉自己就像从鬼门关里转了一圈回来了，担心她比担心自己每天去医院送餐还要多得多。

但现在回想起来，我当初这个决定也是有些不负责任的。其间，表哥还是在给医护人员送餐。所幸女儿是虚惊一场，不然，后果可能更严重。

现在我们最缺的是外卖盒

送餐的事，我家里人倒是一直挺支持的，不论是身边的老婆和女儿，还是在上海的父母等。倒是表哥的妈妈，也就是我姑妈，至今仍还瞒着她。表哥也是怕她担心，每次通电话，都说就在家待着，或者在店里看看。

好在随着疫情防控的发展，全国各地的援助力量也多了起来。送餐的队伍也多了起来，医护人员的吃饭问题还是可以保障的。

现在，我们从原来的 500 多份饭降到了两三百份，不是我们不想送，而是有两家店的员工宿舍所在的小区出现了确诊病例。整个小区都被隔离了，没有厨师，现在只剩下一家店的员工在。还有一个原因是，原本我嫂子弟弟的车也没了，因为他家小区也因为同样的原因被封了，连车库都封了。

目前，我们遇到比较大的问题是储备的外卖盒不多了，大概还能撑一周左右。我们也在积极联系方方面面看看能不能找到供应商。另外，一些食材已经用完了，也比较难找。所以，我们目前都改成了盖饭，肥牛和鳗鱼两种，接下去可能鳗鱼也会告急。

我现在的生活还是很充实和规律的——每天 10 点出门，到店里帮忙打包、清点数量，再送餐。完了之后，回几家店看一下，做好清洁；再跟员工联系一下，问问有没有生病的。基本上，每天下午 4 点左右到家。

2 月 12 日，作为一个 17 年的资深 TF，我把我的经历写在了KDS 宽带山论坛上。本来只想问问，有没有和我一样在武汉的上海人，问问他们过得怎么样。没想到，当我先开始讲了自己的经历后，一下子引来很多人留言。

你可以看到，大家都还是很关心武汉的真实状况的，所以我每天到家后，也会上网给他们说说见闻。

收到的回复都是挺正能量的。现在的武汉，基本生活都是可以保障的，我也让他们不用担心。

我相信疫情很快就会过去，在这之前一定会在能力范围内坚持给他们提供最好的饭菜，让他们有体力在一线战斗。

发表时间：2020 年 2 月 17 日

◆ 蔡 超，蓝天救援队武汉应急仓库江苏地区领队。

许多人把许鹏比作英雄，其实，从来就没有超级英雄，都是千万个普通人挺身而出，用自己的血肉之躯扛住黑暗的闸门，放我们到光明里去。

采访 | 吴 雪　口述 | 蔡 超

2月21日凌晨4点30分，我永远不会忘记这一刻。

那天，天还没亮，也没有月亮，雨水噼里啪啦地打在车子的挡风玻璃上，我装卸完一批物资，到武汉仓库外的铁皮房中短暂休息，这个仓库是接受全球物资的捐赠，由蓝天救援和中华慈善总会负责。我的身份正是蓝天救援队武汉应急仓库江苏地区领队蔡超。

半梦半醒中，我突然接到了队友倪荣凯的电话，电话那头传来一阵歇斯底里的哭声："快救人，快救人，大本快不行了……"我一听，头脑瞬间就蒙了。从倪荣凯的抽泣声中，我听出"大本"，也就是蓝天救援队机动队队长许鹏，在山东运送医疗物资时，出车祸了。

武汉寂静的夜晚，电话那头的哭泣声极其刺耳。慌乱中，我稳住神，一边让倪荣凯赶紧

> 详情
>
> 许鹏
> 美丽的谎言："孩子要乖，爸爸去武汉打怪兽！"
>
> 使命 责任 无惧 坚守
>
> 【视频】疫情不止，蓝天救援不退
>
> 2020年2月10日 凌晨0:07

2月10日，许鹏发布的最后一条朋友圈写道：孩子要乖，爸爸去武汉打怪兽！

打120救人，一边让他告诉我出事的地点。整个过程，我明显感觉到自己的嘴唇在颤抖。放下电话，我胡乱套了几件衣服，拿起外套冲出铁皮房，一路小跑到仓库领导小憩的车子上，到那里时，我喘了几大口气。

许鹏和我是老相识，2016年阜宁风灾时，我们第一次见面，当时他正在埋头搬运、分发物资，几个小时没停过。外形看着酷酷的硬汉形象，扎了一头的小脏辫，骨子里却寡言少语，为人特别低调。四年来，我们分别在老挝、缅甸、玉树雪灾等不同"救援战场"上碰过面，2月7日，他主动开车支援武汉，在应急仓库为各大医院分发物资，我们更结下了深厚的"革命友谊"。

我是第一个接到出事电话的人，他生死未卜，说什么我也不能丢下他不管。当时我的心里太乱了，做了一个非常不冷静的决定："出城，去山东。"出事那天是武汉"封城"的第16天，想出城谈何容易。我们的车子有转运物资的特别通行证，可以上高速，但如果不报备下高速肯定违法，我顾不上那么多，理性失控了。清晨5点半，我和一名队友跳上驾驶室，发动了车子，导航调到了出事地点山东省梁山县。

一路上，我脑海中过电影一样闪回了许多之前和大本一起救援的画面，在高速公路疾驰中，我不敢接电话，怕听到坏消息。我边开边哭，200公里的路开了2个小时，却像一个世纪那样漫长。车子越开越快，但我的头脑开始逐渐恢复理智，我问我自己：如果下了高速，必须隔离14天，不仅帮不到任何忙，还添乱。意义又何在？理清思绪后，我决定立马调头回武汉。

我开始联系山东济宁的领队邱队长请求他的帮助，邱队长已经心照不宣地到达了出事地点。5点20分，他带着大本上了救护车一起到了医院，医院说不惜一切代价救人……但最害怕的事情还是来了，许鹏39岁的年轻生命永远定格在了2020年春天的这个雨夜。我心底里撑着的那股劲也一下子崩了。

从一同运送物资的队友倪荣凯的描述中，我得知了许鹏出事的全过程。许鹏参加救援活动有五六年经验，对长途开车早已习以为常，他平时身体素质非常好，知道当天晚上12点有运送100台消杀机的紧急任务，特意在下午睡了3个多小时。21日凌晨4点30分许，许鹏一行驱车行驶至山东省济宁市梁山服务区一公里处，路中

蓝天救援队武汉应急仓库江苏地区领队蔡超和队友正在核对物资。

央突然出现了一辆停在高速中央的卡车，这辆卡车司机认为堵车的道路一时半会儿不会通畅，就把车灯关掉睡着了。

没想到前面的卡车开走了，只有那辆卡车停在行车道上，而且没有开车灯提示。救援队一共三辆车，第一辆是小货车，一个急转弯幸运躲了过去。第二辆车是许鹏驾驶的皮卡，还没来得及转动方向盘，就瞬间失控，直接钻到卡车肚子里去了。

队友倪荣凯开的是第三辆车，那天雨一直下个不停，出事前10秒钟，他刚刚用对讲机提示了前面两位队友："前面有堵车，大家小心一点。"话音刚落，车就撞上了，停下车后，倪荣凯飞奔过去抢救，随后119救援人员、120救护车赶来救援……

许鹏是救援队机动队队长，是机动队里的"定海神针"，但救援中，大家从来不过问对方身份以及对方家里的事情。许鹏殉职后，我们花了很大工夫，才找到他盐城老家的亲人，许鹏的老婆、10岁的儿子和年迈的老母亲，当天下午5点陆续赶到。第二天凌晨，许

许鹏戴着口罩，在武汉前线搬运物资。

鹏的遗体运回江苏苏州举行追悼会，然后再返回盐城老家安葬。

一路上，途经之处的高速口、服务区，几百名队友、交警，素不相识的群众，自发地一字排开，面向灵车庄重敬礼、送别……而这样自发送别的场景，从山东寿光到江苏盐城350公里的路途中，反复发生了十几次。那天，我和我的队友在武汉应急仓库，看着手机上报道的视频，哭了。我心里特别难过，难过的是只能隔着屏幕向许鹏永远地道别。

虽然许鹏比我小2岁，但他更像一个大哥哥，干活踏实，吃得下苦，对家人报喜不报忧。这些天里，即便再紧张的救援，我脑子里仍不断闪现以前一起救援的场景。记得去年元宵节，玉树雪灾，我俩前往救援，一下待了20多天，当时玉树条件很艰苦，我们所在的村庄有5400多米的海拔，大家背着睡袋风餐露宿，昼夜奋战数天下来，精力几乎耗尽。

许鹏平日里多才多艺，吉他、唱歌、作曲作词，玩得很好。他自己便和藏民沟通，默默写了一首原创歌曲，唱给大家听；还有一次救援队车子陷入了河道，高原体力活非常费劲，打钉铆、拎大锤的活儿都是许鹏第一个冲在前面。许鹏走了，但新冠肺炎病毒并非如人类一样是感情动物，它没有留出多余的时间让我们悲伤，我们只有将力量放在救援上。目前，蓝天救援队的几十名队员轮流接棒了许鹏未完成的工作。

蓝天救援队全国有170多名队友，他们和许鹏一样，每天都有工作，一直没停下过脚步。我知道你给我发了许多条微信，我都没回。因为很多忙碌的救援现场，根本来不及收发微信，断水断电也是常有的事。你联系我采访的那天晚上，我11点半到达铁皮房，接电话时我已经累得不想说话，只想倒头睡觉，所以采访推到了第二天，而在1个小时的采访里，我的对讲机也响了不止五六次。

如果你问我，在武汉救援这段时间，哪些日期，做了什么。更多时候，我根本没有多余的脑力、精力去想。我们的救援队员睡车上、吃泡面、连夜搬货，条件艰苦，但这些与医护人员比起来，根本算不上什么。一次，武汉一家医院的对接人来仓库提货，央求我们说："能不能多给一些 N95 口罩，我们医院很缺。"因为物资捐赠都是定向捐赠给指定医院，当时我们真想给他们，但作为执行人，我们无权随意分配。

说着说着，这个对接人突然哭了起来，她说医院确实需要 N95 口罩，一次性口罩对于一线医护风险太大了。我很难受，内心五味杂陈，我向她承诺，一定帮他们想办法协调一批 N95 口罩，如果协调不到，就向上级请示把队员们自己的 N95 口罩分给他们。而像这样的无奈，在武汉也许每天都有发生，疫情面前，大家都太难了，但大家都屏着那一股劲儿。

许鹏殉职第五天了，每天晚上睡不着的时候，我都会一屏屏翻看和他的聊天记录。2 月 10 日他的最后一条朋友圈写道："孩子要乖，爸爸去武汉打怪兽！"许鹏用一个美丽的谎言，向 10 岁的儿子解释自己为何不在家。许多人把许鹏比作英雄，其实，从来就没有超级英雄，都是千万个普通人挺身而出，用自己的血肉之躯扛住黑暗的闸门，放我们到光明里去。

发表时间：2020 年 2 月 28 日

◆ 饶志雄，华东理工大学资源与环境工程学院党委副书记，老家在湖北省咸宁市。以党员志愿者的身份，自愿做一名"小班长"。

回到湖北以后，我第一时间将身处湖北的同学拉入一个微信群，一个 QQ 群，分类指导，并取群名为"平平安安"，鼓励大家不焦虑、不恐慌、不信谣、不传谣，共同为武汉加油，为湖北加油，为中国加油！

采访 | 姜浩峰　口述 | 饶志雄

　　我是华东理工大学资源与环境工程学院党委副书记饶志雄。我的老家在湖北省咸宁市崇阳县白霓镇金星村第十组。我们金星村是县里疫情较为严重的地方。我们全村 10 个村民小组、715 户、2748 人，早期发现新冠肺炎确诊病例 3 人。

　　今年 1 月 18 日，我带着太太和孩子，自驾车从上海回老家过年。在离开上海前，我已经听说武汉有不明原因肺炎，所以我开车走杭瑞高速，经过江西，没有经过武汉，开了 11 小时车，回到了咸宁老家。回到村里，第一时间我

饶志雄（右）参与联防联控。

们在村里做了报备——从上海回家，没去过武汉。到家以后没几天，听说武汉"封城"了。

我们咸宁的管控也开始严厉起来。我接到了村两委和驻村工作队的通知，说要召集党员、退休干部等志愿者，针对农村居住较为分散的实际，按照村民居住地段和亲疏关系，采取约十户为一组、一组一个联防长和 N 个志愿者的方式，在全村共划定联防区 48 个。我马上主动报名参与。

村委会派我三个活——

一是看守一条已封闭的道路，防止村内外人员翻越。我负责的就是距离我家最近的那条路。

二是佩戴"党员先锋、决战决胜"袖章，跟随其他工作人员在村里巡逻，并进行政策宣传，对在规定地方未戴口罩、聚集聊天、打麻将、打牌等不当行为进行劝阻。在具体工作中，我们发现有人聚众打麻将的话，会劝阻，并要求他们第二天和我们一起到村里参与"反面"教育工作，在我们巡逻的过程中，这些人敲锣打鼓告诉大家不可以打麻将。在具体的工作中，也有人家不满，对我们态度恶劣。遇到矛盾我们就报警，或者到派出所处理。

三是担任村里11户人家的十联户联防长。我觉得这项工作，在乡间抗疫工作中，显得特别重要。我要做到向大家宣传、督促疫情防控相关要求，关心11户家庭的生活情况，及时向村里负责采购的工作人员汇报情况。

在抗疫期间，"咸宁发布"报道了我们村的情况，这样写道：每个联防组设立一个联防长，并建立一个微信群。联防长和志愿者由该村的党员、大学教授、退伍军人、企业家、乡贤、村组干部等有威望、有能力、有责任心的人担任。

我们村现在采取统一采购的模式，各家把生活所需购买物品清单给村里，村里派出指定的采购人员到附近的镇上采买。主要是蔬菜、粮油、药品、奶粉、煤气等物品。我们金星村距离县城有8公里，一般采买物品就到附近的白霓镇。总的看，在抗疫期间，村民在家的物质生活没什么问题。不过我也注意到村里有人生活还是比较困难的。比如我家附近有户人家，一个快五十岁的女同志，老公去世了，她的小孩在外打工，几年不跟她联系。而她本人身体也不好。由此我就注意到村里确实还有一些和她类似的人，在物质生活和精神生活上都有困难，特别是一些老人，更困难。

我们金星村是个大行政村。我家在第十组。我没机会跑遍所有组，于是掏了2000块钱给村里，请村里代为采买一些米啊、食用油啊什么的，资助村里有困难的人家过年。我们学院的书记修光利听说后，也给我微信转了2000元，让我捐给困难的乡亲。这样，我们一共捐了4000元。

村民精神生活上的困难怎么解决呢？一次，镇长来到村委会，看到我正在和大家一起开展工作，知道我是在上海的华东理工大学工作，就跟我说："饶老师，你看我们现在抗疫期间，大家都宅在家里，有些村民确实可能存在心理焦虑。我们镇的疫情防控群里有

华理资环学院学生党员参加家乡抗疫工作。

各个村村干部，也有一些妇委会主任啥的在群里。你看是不是能请专业老师帮帮我们？"我一听，确实和我了解到的村民需求应和了，于是我把我们华东理工大学心理咨询中心徐玉兰老师拉入我们镇防疫期间心理疏导群。徐老师进群，获得了我老家村干部的大力欢迎。我觉得，这是新的送知识下乡啊！

在老家过这么一个寒假，确实特别。在金星村我家里没装宽带。但我还是得上网啊。现在学校提倡任课教师录课，3月开展网络教学，学校安排我录制一节"战疫有我，为心导航"辅导员系列微课程，提升全体辅导员在疫情防控期间的战"疫"能力，更好地服务学生。在老家期间，我还得和其他老师交流，和同学交流。作为学院学生工作负责人，我还必须迅速按照学校统一部署建立辅导员—班委—学生小组三级联动的网络化管理反馈机制，每日进行全院1223名学生的健康报送。

好在我的手机流量充足，没有宽带也不影响工作开展。

不得不说，新冠肺炎疫情突如其来、态势凶猛。目前，我们华东理工大学资源与环境工程学院共有 40 名师生暂留湖北省。我想，我们暂留湖北的，可能会是全国最后回到上海的那批人。在武汉"封城"，也是我们回到湖北以后，我第一时间将身处湖北的同学拉入一个微信群，一个 QQ 群，分类指导，并取群名为"平平安安"，鼓励大家不焦虑、不恐慌、不信谣、不传谣，共同为武汉加油，为湖北加油，为中国加油！我还对重点学生进行"键对键"关怀，通过私聊的方式安抚他们的心理。

我们学院暂留湖北的师生还成立了临时党支部。党支部在线上开展党课学习；临时党支部的党员在自己所在的地市，在线下身体力行参与疫情防护工作，贴心录制健康防控宣传口号，并结合学校开展的"空中"主题班会活动，在各自所在的"云"班会中分享心得感悟，送上假期学习加油包，将乐观的精神与必胜的信念进行传递。

我是 1996 年考上了咸宁市的高中，这才离开乡村的。1999 年我考到华东理工大学。当时从武汉坐火车到上海，整整 17 个小时。现在武汉到上海高铁只要 4 个多小时。

2003 年我本科毕业，当时上海有个本科生三加二保研政策，就是本科毕业留校当两年辅导员，可以保研。之后，2008 年我研究生毕业，继续在学校工作。我的太太也是湖北人，但不是我们咸宁的。这次过年，我们一起回我老家。我们家大娃 9 岁，二娃 13 个月大。现在面临着的一个问题是——上小学三年级的大娃接下来该怎么办？现在上海推出中小学"网上开学"，还是挺及时的，我们可以用手机流量看到。我们现在希望，在党和政府的领导下，尽早抗疫成功，各个地方可以早些解封，生活能正常起来……

发表时间：2020 年 2 月 23 日

跨省运送核酸检测设备历险记

◆ 彭　鑫，罗氏诊断客户服务部的员工。疫情发生后，他多次赶赴湖北进行核酸检测设备的培训和调试。

大家在新闻里总是听到"核酸检测试剂盒"这个东西，试剂盒里的试剂自己不能判断阴性阳性的，这些试剂要放到我负责的核酸检测设备里，才能得出检测结论。

采访 | 黄　祺　口述 | 彭　鑫

因为工作，我最近去了几趟湖北，年初二那天的经历，就特别曲折。

我是罗氏诊断客户服务部的员工，工作地点在湖南长沙。通俗地说，我的工作就是检测设备的售后培训和服务。我管的产品是核酸检测设备。核酸检测专业说法是"病毒核酸载量检测"，过去可能很多人对这些东西不了解，新冠肺炎疫情发生后，全国人民都知道"核酸检测"了。

大家新闻里总是听到"核酸检测试剂盒"这个东西，试剂盒里的试剂自己不能判断阴性阳性的，这些试剂要放到我负责的核酸检测设备里，才能得出检测结论。这么打个比方吧：试剂盒就是汽油，我们的设备是汽车，汽油有

罗氏诊断员工彭鑫在工作。

了，得加进汽车，才能开起来。我的工作呢，相当于教人怎么开这辆车，以及维护汽车。

新型冠状病毒感染的肺炎疫情暴发后，我们罗氏诊断从上到下启动了紧急响应机制，集合全公司之力为客户精准检测保驾护航。

为了增加核酸检测量，最近湖北疫情相关单位需要安装新的核酸检测设备，我们的任务就特别多。

按照平时的流程，我们有专门负责安装设备的同事，我要等他们安装好以后去培训和调试就行了。但非常时期，我的任务也变了。

初二上午我接到同事消息，湖北荆门市疾控中心需要安装一台LightCycler 480，当时公司在武汉有这台仪器的库存，但武汉的同事出武汉必须申请通行证，这个通行证必须当天返回武汉，如果他送过去再安装完，恐怕时间来不及。而武汉售后部门的同事出不了城，需要我去负责安装和培训。

我们准备来个配合，他从武汉送设备到荆门，我从长沙赶过去安装和培训。

长沙到荆门将近 500 公里，正常开车 4 个多小时，非常时期，我要做一些准备。现在湖北交通是封闭的，我赶紧联系客户为我开通行证，我们这是为疫情服务的任务，是可以放行的。有了这个最关键的东西，我又带好了防护用品，再放了很多矿泉水在车上，下午 3 点出发。

我开着导航上了高速，走着走着，导航叫我下高速。后来想想可能是因为封路，导航也搞不清该怎么走。

一下高速，我就意识到麻烦了，我必须重新返回高速才能到荆门。走了一段国道，位置大概属于湖北潜江市。到一个路口，前面封路，我看别的车拐进了一条岔道，我也跟着拐进去。

这时已经是傍晚六七点钟，天黑了，我竟然开进了一个村子。我想开出来，可是很多路口堆了土堆，有的是一辆拖拉机封路。我在这个村子里兜来兜去，怎么也找不到出路。

实在没办法，我下车敲开一户人家的门，这个老乡给了我村支书的电话。我找到村支书，跟他说我是去送设备的，是帮助新冠肺炎检查的。村支书一听，很重视，立马打电话叫人来把拖拉机挪开，让我出去。

在村支书的帮助下，我终于离开了这个村子。

不过挫折还没结束。走了一段路，我又被更大的土堆挡住了，我下车找木板，想搭桥开过去，可是土堆太高了，没成功。同事打电话，问我到哪里了？我也急啊。

这时候一个老乡路过，我问他怎么能开出去。他说他知道一个出口，然后开着摩托车带路，把我送到可以上高速的地方。这么晚了，又是大过年的，我心里特别感激这位老乡，掏出钱要给他个红包，但这位老乡没要。

我在乡村道路上绕了 2 个小时，终于重新回到高速。

有通行证，我顺利进入荆门市，这时候已经是夜里 11 点。我联系疾控中心的老师，他们还在忙其他任务，告诉我第二天装机。这段时间他们都在加班，特别辛苦。

荆门已经进入非常状态，没有酒店正常营业，还好疾控中心的老师帮我联系他们最近加班休息的宾馆，让出一间房间给我住。到酒店，我泡了一碗方便面吃，这时候才发现好饿啊。

临睡前，我把第二天给疾控中心做培训的方案、冠状病毒提取分析判断及世界卫生组织（WHO）指南信息等，进行了多次梳理和

复盘，希望帮助疾控中心的老师尽快熟悉设备及优化实验方案。

第二天一早到疾控中心装机，给技术人员做培训。我们平常工作时有专门的工作服，要做一些防护，但穿如此高等级的防护服工作还是第一次。因为新冠疫情，疾控部门也提高了防护标准。

忙到下午1点多，所有工作完成，疾控中心的老师点了外卖，大家一起吃了一顿热饭热菜。

盒饭吃完，我得赶紧回长沙，路上又是6个小时，靠红牛"续命"。

我在罗氏诊断工作5年了，之前也完成过一些紧急的任务。比如说非洲猪瘟，其实也挺严重的，我们向动物防疫部门提供检测设备，在疫情控制中发挥了重要的作用。只不过猪瘟没有发生人传人，一般人可能体会不到，但在畜牧行业里，是非常严重的疫情。

接下去可能还要去几次湖北，现在正是最需要高质量核酸检测仪器的时候，我们做这个工作，可以为抗疫做一些贡献，我觉得挺高兴的。

一来一回，辗转腾挪，一路上遇到太多好人，让我感动，自己也想多尽点责任。疫情前方，有千千万万义无反顾的医护人员，而我们也会尽一切力量支持你们的工作。湖北的兄弟姐妹们，我们一直和你们在一起！加油！

发表时间：2020 年 2 月 19 日

◆ 刘惠玲，武汉人。汉口宝丰路交通小区的志愿者菜篮子分发团团长。

也是突然发现，我们的门楣窗帷、院墙楼道，我们的一饭一菜，居然与我们的国家有如此密切的联系。

文 | 刘惠玲

我家住武汉汉口宝丰路交通小区，从 2 月中旬小区封闭管理至今，我当志愿者菜篮子分发团"团长"也快满月了。

武汉"封城"后的 20 天，即 2 月 11 日，随着防控疫情的需要，主要是实行"外防输出，内防扩散"，武汉开始封小区。武汉市有 3000 多个小区，很多小区还是开放型的，网格封闭，估算下来，不考虑三班倒，志愿者总人数也有五万之多。

我们交通小区招募志愿者，"原汤化原食"地进行自治性封闭，大家彼此知根知底，效果不错。工作的性质是引导人员进出，登记每个家庭的需要。我是第一个出来站岗的，成为五万分之一，之后又担任了志愿者菜篮子分发团的团长。一开始，主要工作是查看核实因防疫需要的小区人员进出信息，测量每个人体温，引导人进出消毒鞋底等。到了登记每户人家的需求，汇总居家必需品之时——那就显得五花八门，但大多数又确实是日常生活离不开的东西，一下子工作量就上去了。

封小区，意味着平时所有的生活物资进出方式要暂时改变了。这样一来，一开始很多人家的反应就像是"凉水甩进了热油锅里，一下子炸开了"。都知道我们武汉人的耿直脾气，爱吃辣椒，爱吃热干面，待人真诚不带

打包好等待分发的物资。

水分，遇事也少冷静。对上心了，两肋插刀赴汤蹈火；遇上烦心事，也难藏着掖着，不迂回打马虎眼，面对面直接就跟你干起来。已经在家闷了不短的时间了，小区一封，头疼脑热或原本有各种不适的人要看病，老人小孩急需用药，关键是天天开门七宗事，柴、米、油、盐、酱、醋、茶，这吃喝的事可是耽搁不得的。平常不觉得缺什么，既"封城"又封小区，客观加上主观，忽然感觉平常不那么缺少的生活用品，一下奇缺起来。

我家所在的交通小区在汉口，但工作单位的生产基地还在300多公里以外的襄阳市，具体位置在汉江上的崔家营河段。那是我们的船舶通航和水力发电基地。当许多企业开始在春节后筹备复工复产时，我们单位的同事都在感慨——作为湖北省交通厅下属二级单位的崔家营航电枢纽管理处，可是从来不存在复工复产之说，因为我们从来就没有停工停产过。1年12个月，1月4周，每周7天通航，每天24小时发电不休。我可以不无自豪地带上一句的是，武汉

刘惠玲穿上白色防护服，担任起小区志愿者，需要仔细核对清点各家物资需求。

"封城"封小区，却绝不可能封航道运行和发电生产；而且，我们交通航电人做到了大小封闭的 41 天中全天候运行，干群无一例感染，平均每日发电超 100 万度，给祖国的肌体增添"新鲜血液"。我在每天做志愿者工作前，总是通过视频或单位工作微信群，适时连接奋战在汉江上的交通航电同仁，问他们的生产和生活环节。在一线指挥的书记总是让我放宽心，全力做好自己家门口的"团长工作"。我们同饮一江水，每天都要相互鼓励加油一番，互道珍重祝福，然后，才是进入我的小区菜篮子志愿者分发团的"团长"角色。

儿子看我忙，主动申请接替我站岗值班，成为小区最年轻的抗疫站岗志愿者之一。年轻人嗜睡，他平日清晨 7 点还在梦乡，现在要顶老妈站岗值班了，此时的 7 点已然是防护服、口罩、手套全副武装，在小区门口一站就是好几个小时，坚守我们志愿者自发的铁的纪律。这也让我颇为欣慰，真是艰难困苦，玉汝于成！

但我更急切夸耀的，还是我的团员们。我是第一批志愿者，相对来说，志愿者工作最繁琐并容易出纰漏的，就是我被选举为"团长"的菜篮子志愿者分发团。就说相对简单的超市套餐，用手机微信群接龙的形式登记，汇总各家需求，收集各家付款。超市套餐送来后，难题也来了。分发志愿者先是清点、验收、入库，然后引导领用物资者都彼此一米开外距离排队。因电梯间的狭小空间最容易传染病菌，大家回家尽量走楼梯，实在楼层高需电梯者，也要耐心排队等候，确保一人一梯。还有家里只有老人或发热生病等不能出来的，那就要我们一一逐家逐户送。有些老人不会微信支付，就由不住在小区的子女微信采购，但领取时，子女们也代替不了，也必须由我们志愿者来完成。一般中午发放套餐，完成后志愿者自己回家吃饭，时间都在下午两点之后。下午发放的物资，那就要到天黑才能全部发放到各家，再照顾自己的肚皮。每天有几百户要分发，多时达9种套餐，上千份物资。有些货物紧缺，如罗森豆制品，必须先得保障火神山、雷神山等医院的供应，有时一个套餐要等五六天才到，有些订户都不记得了。开始分发时，有的人不记得购物序号和具体套餐。我的策略是，自己打点"埋伏"，平日总是每个套餐都订上，随时准备应对发错了，就把自己的套餐供出来，填上。

我们15个人的小团，多数是女性。负责采购的罗红燕，身体虚弱，原本是省抗疫指挥部安排她回家休息的，可她仍每天为采购合适的套餐忙到深夜。武汉市政府有10元10斤5个品种的蔬菜

刘惠玲在分拣物资等待分发。

套餐，用以供应困难群体，由政府每份补贴25元。她总是和大家沟通一致，把这些指标留给最需要的群体。高斌是高速公路纪委书记，每次去路上指挥督促工作完成后，回到小区就直接参加分发团分发并兼任大家的摄影师。他总说，多少代人不遇的疫情让我们给遇到了，那就得留点影像资料给自己，也给后人……

我们这个小区别具特色之处，是享受厅级待遇的有31户。在小区中，不论是在职厅长还是退休的厅级领导，都主动捐钱捐物，尤其是做好家人安心宅家工作，由此可以把省下的口罩、手套全部捐给社区。他们也都会抽空来站岗，防护服、口罩、手套，一样不会少。有时，七十多岁的老领导还幽默地对我行举手礼："报告刘团长！"我也不客气地笑着给他派活。

"春风又绿江南岸"。晴川历历的汉阳树和芳草萋萋的鹦鹉洲，都应和上了千年前诗人崔颢的诗情，将庚子春意往纵深推送，我们各自脸上的口罩这方特殊通行证终究会摘除；那时，我们在欣喜雀跃之际，也多多少少会心生不合时宜的依依之情吧？我们的团当然会解散，团长自动"解甲归田"，但我们一个战壕中结下的情谊和美好情愫，一定会久久氤氲在我们的记忆深处。也是突然发现，我们的门楣窗帷、院墙楼道，我们的一饭一菜，居然与我们的国家有如此密切的联系。这些日子里，给我们每个人激励最大的一句话，就是：武汉胜则湖北胜，湖北胜则中国胜！

作为武汉人，我们真切地感受到了，我们的脉搏，与身边的长江完全合拍，丝毫不差。

发表时间：2020年3月8日

确诊病例的小区怎么消毒？来看看卫生消杀员的十二时辰

◆ 陶贵永，长宁区新华街道爱国卫生服务社的专业卫生消杀员。

有人说我们也是战士，我觉得不敢当，医务人员都在前线呢，我们只是做好自己的专业工作。

采访 | 阿 布 口述 | 陶贵永

我叫陶贵永，是长宁区新华街道爱国卫生服务社的专业卫生消杀员。在没有突发疫情的时候，我们的工作主要是除四害和病媒防制，说得简单通俗一点——春秋天要去食堂饭店灭老鼠，夏天要喷洒药水灭蚊蝇。

我从事病媒防制工作已经 8 年了，做我们这一行需要人社部颁发的专业证书，分初级、中级和高级，每一级都需要经过专门学校的培训、考试，还需要一定的工作年限，我目前是高级职称。

正是因为受过专业的训练，我们很清楚针对不同的疫情需要不同的消杀方案——比如说登革热疫情，涉及面积更大，确诊病例的直径 200 米范围内都是重点消杀区域；而新冠病毒影响范围相对小，发现病例的话，需要对整栋楼进行重点消杀。不同疫情配备不同的预案、不

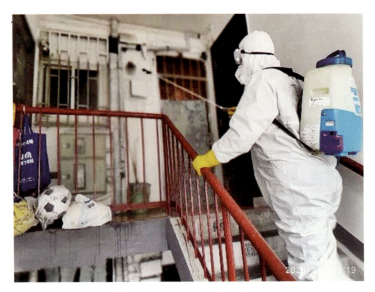

陶贵永背着 40 斤重的水桶在社区消杀。

同的流程，我们平时就很熟悉了，所以这次疫情一来，马上就做好了应急预案。

前几天我们接到街道的通知，法华镇路某小区发现一名确诊病例。等病人送往医院后，我们马上赶到现场——病人家属正在收拾行李准备搬去别的地方隔离，凡是他们带走的衣物、用品、车辆，我们都要进行消毒，人离开以后，对病人居住过的房子也进行消毒。

到了现场我发现，这是一栋 26 层的电梯房，我心想这下任务重了——从大堂到顶楼，每一层的楼道、电梯间、公共部位都要进行喷洒消毒，背着 40 斤的消毒桶一层一层爬上去，一层一层喷……从下午 4 点左右一直忙到夜里 11 点，浑身湿透，口罩摘下来都能甩出水。像这样的消杀要重复 14 天，每天背着 40 斤桶爬 26 层楼，讲不辛苦是不可能的，讲不紧张也是不现实的，但我们是专业人员，如果我们也害怕了，还怎么缓解居民的恐惧呢？

有确诊病例的小区，居民肯定是恐慌的，看见我们在消毒，有时候居民就会问我们：你们的药水怎么没有味道？浓度够吗？这时候我就要跟他们解释：药水都是严格按照防疫期间疾控部门下发的环境预防性消毒技术规范配制药物浓度的，包括消毒的区域、频次都是有明确规定的，消毒这个事情马虎不得。听了我的解释，居民们也就越来越安心了。至于我们自己，尽可能做好防护措施，穿好防护服，戴好护目镜，相信专业知识可以保护自己。

我从 2 月 3 日复工，到现在已经快一个月了。平时没有发现确诊病例的时候，我们的工作主要是预防消杀——每天早上 8 点到岗，先预估一下今天的消杀面积，

陶贵永和搭档在配置消毒水。

然后进行消毒液的配置，一般用的是 84 消毒液，1∶60 的比例兑纯水，一桶配备好的消毒水有 30 斤重，加上桶自重 10 斤，一共 40 斤。

我们有一支队伍每天排班，9 点左右我就和搭档陆玉峰背着桶出发了——1 个集贸市场、6 个居民小区的 12 个垃圾箱房及健身苑点、1 个垃圾中转站、2 个公共厕所，这就是我们这一组一天的工作量。基本上是上午打完一桶，中午回到公司吃个中饭，稍事休息后继续配置药水、出发喷洒，一天下来基本上要喷完 2—3 桶。这个事情不能马虎，每个角角落落都要喷到位，所以一天忙完基本上太阳也要落山了。

我的爱人是武汉人，今年春节前就回武汉探亲了，现在还在武汉，目前身体健康。我一方面在上海做好自己的工作，一方面也牵挂武汉的亲人朋友。每天晚上都和爱人视频电话聊一个小时，据她所说，武汉现在也比以前管得紧了，一方面是地毯式排查病患，一

方面是封闭式管理，我听了稍微放心一点。

　　像我们这样的卫生消杀员还有很多，长宁区就有 180 多个。有人说我们也是战士，我觉得不敢当，医务人员都在前线呢，我们只是做好自己的专业工作，疫情当前，普通人也要尽一份自己的公民职责，你说对伐？ ●

发表时间：2020 年 2 月 28 日

◆ 王丽丽，上海地铁 7 号线值班站长。
公共交通是防疫关键，全力以赴，做好地铁
的消毒、安全防护工作。

丽姐的一天：最关心地铁消毒无死角

我是值班站长，我更心疼每天在站台、收银台、闸口、安检口值守的同事们，如果你问我，他们的父母会担心吗？会害怕吗？我想都会有的，但没有一个人说过，要请假、要退缩、要放弃。

采访 | 吴 雪　口述 | 王丽丽

大年初十，清晨 4:30，我比往常提早了半小时出门，老公从家里开车送我到接驳地铁站，前往工作地点——上海地铁 7 号线常熟路车站。作为地铁系统的一名普通值班站长，在常熟路站工作了 11 年，早已习惯了春节没有假期的日常，只是今年格外的不同。

我叫王丽丽，同事们都叫我"丽姐"。

常熟路早班车的运营时间是 6:01，每到值班换班的前一晚，为了做好每班之间的衔接工作，我们 3 位值班站长都养成了隔天晚上电话沟通、交接事项的习惯。自从 1 月 22 日，站点要求必须戴口罩、进出站消毒测体温的通知下

地铁站点配备的 1：20 的消毒液，供工作人员使用。

发开始，运营前的准备工作变得不同寻常，站长作为第一个到站的人，提前到站的这 30 分钟，尤为重要。

清晨 5：30，我到了车站。除了巡视站厅、站台和 7 个出入口，发放备用金等常规准备工作外，先是配置了 1：20 的 84 消毒液，补足了客服中心、车控室、值班站长室等重点部位的分装瓶，又额外稀释了两大瓶以备随时取用，在客服中心简单喷洒消毒后，等保洁阿姨来了之后，再用小喷瓶二次彻底消杀。

5：42，早班的员工开始陆续到岗了，在班前会上，我重点叮嘱每个岗位的员工"戴口罩要规范，口鼻都要遮住"，"换岗休息第一件事就是洗手，别忘了用洗手液"。这些也是其他站长昨晚重点叮嘱的。5：54，首班车准时到达常熟路站。监护开关门作业，目送列车驶离站台，而我一天的工作也才刚刚开始。

常熟路站是大站，紧挨着静安寺，工作日高峰期时人流量最高能达到 10 万人次，加上换乘站多，站点附近分布的医院也多，防控的不确定性很大。但情况变化得也很快，我记得，大年初一人流量突然骤降，那天 ATM 自助售票机的营业额只有 200 多元钱，包括刷卡、大都会 APP、投币等加在一起，一天的总收入也才 6800 元。

虽说人少了，但我心里的那根弦仍然紧绷着，因为一旦有确诊或疑似病例乘坐地铁，对我们的考验会非常大，为此，我所在的运三公司，为有效阻断疫情扩散传播，根据人流量的划分，启动了 A 方案、B 方案和 B+ 方案。比方说，当双头班车客流达到 1300 人及以上时，引导乘客分散车门上车，避免扶梯处大客流聚集风险。

特别是针对乘客出现的紧急情况，设置临时隔离区。1 月 31 日，春节值班期间，我的同事、静安寺站值班站长施悦峰曾遇到过一名发热病人，那天早上 7:28，一位乘客到站下车后，询问站务员董昉毅附近有没有医院，得到答案后仍逗留在站台。

董昉毅主动上前询问情况，这位乘客这才反映："身体不适，有发烧的症状。"虽然后续 120 医护人员到达现场测量体温后，发现该乘客体温正常，但出于对乘客健康负责，在征得乘客同意后，120 医护人员将该乘客送往华山医院。同时，车站安排了一名工作人员跟随民警乘坐出租车一同前往医院，了解后续情况。

这位乘客离开后，车站迅速组织开展了后续消毒工作。施站长通过视频回看，确定了这位乘客下车的具体车门。保洁阿姨把站厅、站台都彻底打扫消毒了，重点是下行站台 2-1 至 2-5 屏蔽门、候车

7 号线常熟路站值班站长王丽丽（右一），正在为同事测体温。

椅和自动扶梯扶手等乘客停留和行走的地方。后来，根据民警查到的记录，这位乘客刚从湖南回来，情绪有点紧张，我觉得可以理解，希望他没事。

疫情当前，车站最关心的就是消毒和个人防护工作，7号线静安寺党支部根据公司党委要求，7号线党总支统筹安排，组织支部党员成立疫情防控突击队"静心保障突击队"，我们常熟路站就是其中一员。消毒工作是首要，除了列车、办公室、站台等大面积消毒外，门把手、闸口、自助售票机、自动扶梯扶手带、乘客休息室、厕所等也要做到"360度无死角"，这方面，我叮嘱保洁阿姨每间隔两个小时循环消毒一次。

作为值班站长，我每天都会时刻关注疫情数据，2月3日，我看到全国确诊病例呈现上升趋势，再加上此前无症状传染的新闻报道，内心非常担忧。毕竟，我们站点有33个员工，90后的比例占到一半，特别一些95后的"小朋友"不太好管，戴口罩久了，就想露出鼻子，或者在人少的时候取下来一小会儿。我看到后，就会反复唠叨，虽然他们嘴上会说："丽姐，你怎么像我妈一样？"但还是会乖乖戴好。

在我心里，保证同事们的安全以及乘客的安全，永远是第一位的。大家的吃饭问题，站里也想了办法，之前是叫外卖，但疫情情况下，为了不增加外卖小哥的风险，我们尽量不叫外卖。现在大家都很自觉地带饭，卫生又安全，站点上有一个按照标准消毒的休息室，专门供员工错峰就餐，就算不小心撞在一起，大家也会主动坐很远。

做好个人防护，是对自己负责，也是对乘客及家人负责，但仍有一些现实情况需要解决。自从疫情阻击战打响以来，地铁站的物资每天消耗非常大，虽然下发了很多，但还是不够用，有时候一线岗位同事一天换一个都很难。我们也尝试着在网上采购，但都不发货。大家知道这个情况后，不同岗位上的同事开始自发寻找物资支

地铁工作人员正在消毒安检机。

援，比如酒精、口罩、手套等，这让我非常感动。

1992年出生的周佳吉是我们常熟路站点的"暖男"。大年初一，他主动放弃了休息日，专门跑到第一医药连锁药房购买物资。当看到药店门口"无口罩、无酒精、无酒精棉球"的告示，他还是走进药店，买了三盒板蓝根。之后，又特地跑了一次车站，把家里囤的100副医用乳胶手套，专程开车送到了站里。

"静心保障突击队"其中一个站点——肇嘉浜路站的值班站长孙怡蕾也带着妈妈和老公跑了四家药店排队买口罩，最后终于在昌平路雷允上药店买到了，口罩限购1人5只，他们三人排了两轮，一共买到25只。孙怡蕾没有留下一个口罩，而是带到车站，放在站长室，提供未戴口罩的员工使用。孙怡蕾说，她担心万一有人没戴，站长室里面多备两个，比较安心。

看到同事们的行为，我心里充满了力量，有人把我们比作"最美逆行者"，但相比一线医护人员，我们只是做好自己的本职工作。我是值班站长，我更心疼每天在站台、收银台、闸口、安检口值守的同事们，如果你问我，他们的父母会担心吗？会害怕吗？我想都会有的，但没有一个人说过，要请假、要退缩、要放弃。

和我们一样，就在这个时刻，在中国的各个城市，他们都在为守护一座城市、一个国家而奉献自己的热情，付出最大的努力。

　　23:01，列车运营结束，进入维保库做全面消毒工作，我稍稍松了一口气；23:45，我把今天所有的账款结掉，在同事们都下班后，又拿着酒精小喷瓶把办公区域消毒了一遍；23:55，我脱下手套，背上包，走出地铁口，似乎闻到了树叶发新芽的清香。

　　我想，春天就快要来了。

发表时间：2020 年 2 月 6 日

第 15 次，我终于敲开了这户人家的门

◆ 周荣，上海静安区街道干部。

社区排查压力大，做基层防控，宁可自己累一点，也要保障居民健康。

说不累肯定是假的，但是再累，也得坚持。我们工作做到位了，小区居民的健康才能更有保障。希望这次疫情赶快过去。

采访 | 应 琛　口述 | 周 荣

我是静安区芷江西路街道三兴居民区的党总支书记。老实说，基层防控的压力是挺大的。我在这里工作了 11 年，面对这样程度的疫情也是第一次。没有经验，很多工作也是边做边摸索。我从年二十九开始就没有休息过，我们居委会的其他人从初三开始也都一直没有停过。

1 月 25 日初一当天，我值班的时候，就接到有人举报辖区内的一家宾馆可能有问题。我便马上到该宾馆进行核实，这里果然住了一对从湖北云梦县来的老夫妻。他们的儿子是租住在我们小区里的，因为家里地方小，老夫妻就住在了宾馆里，已经几天了。我立即向街道汇报了这个情况。

我们居委会开展宣传工作其实还算比较早的，年前就贴了相关的告示，要求居民如果是

周荣在宣传栏贴防疫相关公告。

从湖北省回来的一定要到居委会进行登记。初二那天早上，有一户居民主动打电话过来，说全家人初一晚上刚刚从湖北襄阳探亲回来，因为看到我们贴的告示来主动报备。

连续两件事情，让我觉得很慌，心里没有底，不知道居民区里到底还有多少这样的情况。因为当时我们拿到的可疑名单都是从上面下来的，但是从小区自下而上的没有。如果有人不那么自觉报上来，他从湖北回来或者有密切接触史的就躲在家里，如果他还出来走动了……这样的后果就很严重了，可能就是封小区了。

想到这里，我立即让所有人初三来上班，大家开了个碰头会，准备对我们居民区管辖的三个小区1536户居民开展全面排查。

1月28日，从早上8点开始，我们一共8个人，两人一组，就按照划定的区块分头去居民家敲门。后来觉得时间不够，为了增加效率，我们又变成每个人单独行动，一旦有人完成了自己分包的区块，就立即支援其他人，一直到晚上8点。第二天，我们就把前一天剩余的人家全部走访到了。

第一轮排查，我们大概敲开了800多户居民的门。一是登记他们去过哪里，有没有武汉相关接触史，二是建议他们减少外出，做好个人防护，如果有需要可以随时联系居委会。对于那些没有敲开的，我们会在门上贴上留言条，请他们看到第一时间联系居委会。

我们要求达到百分之百的"见面率"，要么把门敲开见到本人，要么接到他们看到留言条后打过来的电话。对于没有"见面"的人家，我们后来就每天上下午两次再去敲门，直到敲开为止。

周荣上门登记居民信息。

其中，有一户我负责的人家，门上的留言条被撕了，但门却一直敲不开。我大概敲了七八次之后，楼下保安和邻居都告诉我他们家其实是有人的。我就急了，不知道他们家是什么情况。当时也是憋足了一口气，一天两次不够，那就来三次，我就不信敲不开你家的门了。

终于，在第15次的时候，这户人家总算开门了。我当时长舒一口气，脱口而出："拿本事阿蛮杜哦（你们本事也是蛮大的）！"

了解下来得知，最早的时候，夫妻俩在家，但因为不确定我们的身份，以及害怕接触传染，故意没开门。后来，有时候他俩会去小孩家帮忙带孙子，确实是不在家。但看到我们小区又封门，又禁止外卖和快递进来，觉得其实挺安全的，这才放心给我们开了门。

虽然给我们的工作增加了麻烦，但走的时候，我还是表扬了他们的这种谨慎。毕竟面对疫情，小心一点总是没错的。

除了这对夫妻，我同事在排查的时候也发现了一户人家家里有

居委会干部们每天走访，脚上穿的鞋子不同程度磨损。

湖北来的人。开门的是一个男的说自己没有出过上海，但我同事看到屋里还有两个人。再三追问之下，对方才承认了自己是从湖北来的。看到登记的名字之后，我马上反应过来，他们正是前几天我在宾馆查到的那一对老夫妻。原来宾馆不让他们住了以后，他们便住到了儿子家。我同事说，这对老夫妻当时就说："你们动作怎么这么快，我昨天下午才住过来，又被你们逮到了。"

大排查之后，每天我们都会开会更新进度。有次，开会的时候，我低头一看，突然发现脚上穿的鞋子都裂开了。他们也看了看自己穿的鞋子，发现都有不同程度的磨损。因为要走路，大家基本上都是盯着同一双合脚的鞋子在穿。

针对发现的两户湖北相关的居民，医疗方面由社区医院、疾控中心的老师负责。而我们居委会，每天除了至少打一个电话，买菜、取快递等生活上的需要肯定都包了。

到目前（2月5日）为止，大概还有246户居民，我们没有联系上。现在这个数字每天在下降。接下去是返沪高峰了，我们会进一步跟进。同样，还有辖区内企业的复工，我们也会积极和物业配合，开展相关工作。

说不累肯定是假的，但是再累，也得坚持。我们工作做到位了，小区居民的健康才能更有保障。希望这次疫情赶快过去。

发表时间：2020 年 2 月 6 日

◆ 周朝恩，创业者。
送出 30 万只口罩，然后安心过年。

大家求生欲强，要送就送 30 万个口罩！

我心想，先送给武汉的医院，武汉安全了全国就安全了；再送给各地的医院，医生安全了，我们就安全了。要不然，我们戴了口罩也没用。

采访 | 金　姬　方雨斌　口述 | 周朝恩

我是"80后"宁波人，2003年"非典"暴发那年，我正好从浙江大学计算机科学与技术学院本科毕业。当时"非典"对我的影响并不大，而那一年我就在上海闵行找到一份和手机行业相关的工作。

2009年，我创立了上海艾麒信息科技有限公司，主要做手机视频、录频和P图相关的APP。其中，乐秀视频编辑器，已经在全球有了5亿用户。大学毕业17年来，我一直在上海工作与生活，也在这里成家立业，老婆张力是个川妹子，也是学计算机的。可以说，闵行就像我俩的第二故乡。

武汉"封城"前，10万元定金做口罩

按照惯例，我们公司工作到腊月二十九就放假了。1月22日腊月二十八那天，有同事向我这个总经理抱怨，说现在外面口罩很难买到。而就在2天前的1月20日，钟南山院士在电视里说武汉出现的新型冠状病毒性肺炎存在人传人的现象，所以求生欲很强的小伙伴们到处开始买口罩。药店卖空了，电商不发货了……我想，在上海这样的国际大都市，买口罩都那么难，估计其他地方就更不容易了。

当天回到家，我就和老婆说起这事。我们俩越聊越觉得情况不太妙，应该做点什么。武汉宣布"封城"是第二天（1月23日）的事，我们在前一天晚上讨论时就担心当地口罩短缺，所以决定要找厂家订购一批口罩捐给武汉。

因为快过年了，大多数口罩生产厂都处于停产状态。我们公司所在的莘庄工业区莘闵留学生创业园，企服部的许华老师十分热心，帮忙介绍了在金山张堰镇工业区的升欣（上海）纺织品科技有限公司。这家公司的总经理原本就在犹豫，是否要过年加班生产口罩，但没有订单，他也不敢贸然留下工人。我马上打给对方10万元作为定金，订购30万只口罩。对方听到我们是要给医院送口罩，主动给了我们成本价。

1月24日大年三十那天，工厂开始加班加点生产口罩。

30万个口罩，捐给湖北和上海最需要的人

在工厂加紧生产的同时，我和老婆就根据网上的信息，给武汉的各个医院打电话。现在铺天盖地的网上信息，未必都准确，我们就去找了武汉当地的同事朋友介绍，最终联系到位于武汉的湖北省

周朝恩和志愿者过年期间都到金山帮忙做口罩。

中医院，和那里的赵主任对接口罩的事。

当时很多快递都停了，虽然一些快递公司有针对肺炎疫情的救援专线，但电话太忙打不进去，我们就干脆付了快递费直接发出去。1月25日大年初一，首批生产的40箱共8万只口罩从上海寄出。年初二，武汉的医生就用上了这批口罩。

这一次能够那么快发货，要感谢许多方面——升欣公司的老板所在的跑友汇，志愿者大年初一就来金山帮忙，大家都觉得这样过节更有意义。

还有武汉大学校友会的朋友、海外华侨等也都做了好多。第一批口罩到武汉后，武汉的医生主动把荆门、黄冈、襄阳等地的医生介绍给我们，因为这些地区物资更加短缺。

随着1月26日（大年初二）升欣公司被上海市经信委征用产能，工厂没有余力再为我们生产口罩，所以我们手头的口罩如何分发就更加谨慎。

为了确保口罩都能送到最需要的地方，我和老婆一起筛选对接

大年初一，首批 40 箱 8 万只口罩从上海发往武汉。

的医院和数量，微信里加了好多医院医生的群。都是认识的朋友介绍，或者医生介绍医生，了解了情况确实是急缺的，我们才发。发出去的口罩，我们都要跟进到收货，发货那几天每天都要忙到凌晨1点多。

我一开始一个医院发几万个，后来一万个一发，最后 2000 个一发。开始觉得 30 万个口罩挺多了，可很快就觉得不够捐了。

在捐口罩给湖北的同时，听说上海本地医院口罩也有些紧张，就去联系了位于闵行区的复旦大学附属闵行医院和上海市第五人民医院，分别送去 1 万只口罩。在听说高速公路检查体温的工作人员也缺少口罩后，又给上海市交通运输局送去了 2000 只。

这次过年我回过宁波老家一次，很快就回来了，大部分时间在上海，都在忙捐口罩这件事。其间，一些买不到口罩的亲戚朋友也来问我要口罩。我就直接告诉他们，我的口罩是工厂直接发给医院的，身边没有。我心想，先送给武汉的医院，武汉安全了，全国就安全了；再送给各地的医院，医生安全了，我们就安全了。要不然，我们戴了口罩也没用。

现在，30 万只口罩都送出去了，我和老婆也终于可以安心过年了。

最后，我想再说一句：武汉加油！上海加油！中国加油！

发表时间：2020 年 2 月 4 日

◆ 周道，上海建工集团旗下一家进出口公司的党支部书记兼副总经理。

医护人员冲锋在一线有需要，我们国企和其他企业就要一起做好后勤保障工作，挑起企业抗击疫情的责任担当，相信众志成城、共克时艰不是一句空话，大家一起努力，疫情终将过去，一切都会好起来。

采访 | 周　洁　口述 | 周　道

小年夜晚上大概 10 点，我收到微信消息，公司的领导班子需要讨论一件重要事情，马上。尽管时间不早了，但我和班子成员还是第一时间连上线。

原来，随着 1 月 20 日晚上钟南山院士对于疫情的研判发出后，市面上许多医疗物资已经处于紧缺状态，上海本地的医疗物资库存也开始短缺了。于是，上海市商委在 1 月 23 日当晚召集企业开会，要求在座的国有企业想方设法通过各自的海外采购渠道，紧急采购一批医疗物资，他们还准备了一份清单，里面有口罩、防护服、护目镜，还有一些医疗器械设备等。

我们是上海建工外经集团旗下上海市机械设备成套（集团）有限公司所属的一家进出口

109 万只口罩，找遍世界寻货源，历经波折运回国

采购到 109 万个口罩的疫情物资筹备工作组成员。左起分别为秦俊、周道、吴焕奇、杨聿扬、孙张秋子。

公司，我是该公司的党支部书记兼副总经理，说实话我们对于这些医疗耗材并不熟悉，尽管进口过一些医疗设备，我们主要业务还是进口工业原材料和市政工程的大型机电成套设备。

疫情就是命令，当我们的医护人员开始最美逆行抗击疫情时，我们作为国企要有担当要有作为，我们班子统一思想明确任务后，成立了疫情物资筹备工作组。我们班子当时的想法是医疗物资不是普通商品在海外也是属于医疗监管的专业领域，要在短短几天找到卖家能供应一定的数量价格也适中，那就一定要找到一些在海外社会关系广泛的合作伙伴帮忙。

为此我们抽调了公司大半的人员，分成了三个项目协调小组，工作组指导小组成员在欧洲市场、东南亚市场、美洲市场联系我们当地的合作伙伴，看看他们是否能够提供一些采购线索。

找遍世界终于发现货源

刚开始做这个工作千头万绪，我们遇到了不少困难。

首先，我们毕竟不是做医疗耗材的进出口公司，我们对于它们的产品标准并不清楚。例如，有渠道反馈回来一家国外公司的防护服，产品手册上的这些防护服用途各异等级不同，员工也不清楚哪些是我们需要的、哪些并不合适。为此，我们工作组引导业务员做了常用医疗物资如口罩、防护服和护目镜等的标准梳理。以口罩为例，区分医用级和非医用级，每个级别里有多少不同标识、型号和用途，同时各国的标准有哪些，哪些标准是符合国内医用物资标准，让合作伙伴有这份标准找起物资来就有的放矢了。

其次，医疗物资的品质和价格要找到一个平衡点。

最初几日有些渠道反馈回来的信息是这些海外物资的价格都在哄抬上扬，而且从发回的物资照片看质量也参差不齐。我们工作组马上和业务员强调了，疫情期间的物资价格可以比平时高一点但不能离谱，同时一定要保证质量，不能采购进来的医疗物资出现伪劣不合格产品。

再次，就是海外医疗物资也开始进入短缺状态。我们的合作伙伴收到我们采购信息后，纷纷联系当地的生产企业、药房和大型超市。然而结果并不理想，要么数量少要么不符合标准或者价格虚高。各小组的海外采购陷入了僵局。

可就在 1 月 28 日那天晚上，一个好消息传来了，一位名叫杨聿扬的业务部门经理说他那里找到货源了，第一批 19 万只口罩，第二批还在落实中，数量也不会少。我们整个团队为之欣喜。

原来我们这位老杨，翻遍了他的名片和微信朋友圈，找到了一位德籍华人王先生，王先生过去和我们公司在工业设备上有过多年合作，过往的合作经历让老杨十分信任其为人和丰富的社会关系。

这位远在德国埃森的王先生说，他的多位亲戚朋友，正处于疫情暴发的核心地带——武汉，因此他的内心十分不安。此时杨聿扬的跨国电话无疑让二人一拍即合。可当王先生挂完电话联系多家药房和超市后，发现市场上能零售买到的医疗物资已几无存货了，原来当地不少中国留学生和华侨已经在大量往国内运送口罩等医疗物资了。王先生跟老杨说他认识一位德国医生朋友，这位德国医生应该有不少医疗圈的人脉关系和资源，等回音。果然第二天传来了好消息：这个德国医生牵线搭桥找到了一批在德国法兰克福的法国产医用外科口罩而且价格合理。

当时比对国内标准后为了再确认该口罩是否适合医用，我还专门请教了瑞金医院的重症室专家，当 DOUBLE CHECK 后，我们才定下心让老杨迅速锁定货源立即空运回国。

口罩回国历经波折

没想到困难接踵而来。1 月 29 日办妥与外商的交易手续后，也就在这一天，前方传来的消息却是德国汉莎航空停飞所有飞往中国的航班。这一变数使得法兰克福到上海的空运舱位骤减，原先预定 2 月 2 日的航班排不上队只能顺延到 2 月 15 日，联系其他航空公司得到的反馈也是停飞或少量舱位时间延后的消息。几经周折，我们得知 2 月 5 日有一架航班，货物以"航空快递"的方式出运离港。

虽然"航空快递"运费比"普通航空运输"贵数倍，但我们班子商讨疫情当下国内急用物资时间拖不得，增加的运费成本就自己承担下来，要尽一切可能将这 19 万只口罩运回国内，就安排"航空快递"回国。

真是众志成城天道酬勤，又一个更大的好消息传了过来。王先生跟外商真切述说了目前中国遭遇了前所未有的疫情和紧缺医疗物资的现状，外商被王先生的爱国之心打动了，愿意将一批 90 万只口罩平价供给中方。这个数目让进出口公司上下大为振奋，但鉴于 90 万只口罩的货量太大加上第一批口罩曲折的运输经过，公司暂时还不敢直接下单。老杨委托王先生竭尽全力先与供应商商量，锁定住这批口罩。

因为当时我们正焦急紧张地等待另一个重要消息——北京时间

1月31日凌晨，世界卫生组织宣布新型冠状病毒感染的肺炎疫情构成"国际关注的突发公共事件"。这个信息让我们班子喜忧参半，喜的是世界卫生组织没有向中国投"一票否决"限制通商贸易，忧的是将有更多的全球航班受此影响停航中国，此外，欧洲各国是否会将医用口罩作为战略储备物资限制出口，也成了未知。

消息出来后，我们班子当机立断，只要有一丝希望就要不惜一切代价将90万只口罩从欧洲运回来，一场和时间的赛跑就此鸣枪。2月1日，公司与外商确定下单锁定90万只口罩。2月2日和2月3日，货物在外商仓库打包备货待运。

接下来的难题就是这批90万只口罩体积太大，直观地说，相当于塞满一个四十尺集装箱加上大半个二十尺集装箱，疫情期很少有一架飞机有那么大的多余舱位，回国之路可以说是一波三折。在联系多家航空公司客机没有大舱位后，我们赶紧寻找货机舱位，因为当时飞往中国的航线越来越少了，当时我们甚至有包机回国的打算。

经过多方努力，我们在距离法兰克福400公里的荷兰阿姆斯特

109万个口罩历经波折，终于到达上海浦东机场仓库。

丹找到了直达上海的货机舱位，可是当我们的货车一路颠簸在2月5日运抵荷兰阿姆斯特丹机场的时候，收到通知原定当天起飞航班被取消了。滞留在机场仓库的口罩下一步要怎么走？

正当我们想尽一切办法与机场交涉的同时，第一批19万只口罩飞离德国法兰克福并在2月6日抵达上海。此时，进出口公司上下一片繁忙，一组员工提前联系上海市商委和上海市医疗器械检测所，办好防疫物资快速通关手续；一组员工处理第一批口罩现场运抵后的现场医疗检测和仓储搬运；还有一组联系各家航空公司解决滞留在阿姆斯特丹机场的货物空运难题。事关紧急，集团领导也想尽办法与国内各家航空公司联系航班，终因种种缘由无果。

正当我们焦灼地想着各种办法时，前方的老杨接到了一个意外的电话，2月5日取消航班的那家航空公司，打算在2月9日新增一架次航班中转莫斯科后抵达上海。这对于我们而言简直是天降喜讯，我们班子下定决心，无论如何要赶上这班飞机。结果大家也知道了，这90万只口罩终于在2月7日在阿姆斯特丹上了货机，通过转运到法兰克福，最后在2月10日在莫斯科上了飞往上海的航班。当2月11日凌晨2点飞机抵达浦东机场时，我们公司所有人的心终于定了。

医疗物资抵达后，我们忙着供给上海商委指定的医药公司，忙着捐赠给武汉和上海抗击新冠病毒的医院和医护人员，忙着供给公安、交运、通信、能源等为本市抗疫工作提供保障服务的企事业单位，也为德籍华人王先生完成了向他家乡医院的捐赠。

在这一阶段的工作中，我特别感谢我们各个工作小组的同事以及我们的业务经理，他们常常半夜还在和海外联系沟通，一次次在希望中等待着音讯，为了这批物资的航班辗转反侧，在疫情期间毅然走出安全港湾奔赴上海商委、机场、海关、仓库、医院、办公室和各大企事业单位现场。他们，是一群默默无闻的国企员工，面对疫情，他们选择义无反顾冲上前，为这场没有硝烟的战争贡献自己的力量，我深受感动和鼓舞。国企要有担当，就要有人有作为！

现在这批口罩已经到货了，但我们仍然在海外寻找着合适的采购机会——随着各地的口罩厂复工，我们相信口罩的供应会逐渐满足大家的需求，但其他方面的医疗物资，比如防护服之类的，我觉得我们还可以再努力。

医护人员冲锋在一线有需要，我们国企和其他企业就要一起做好后勤保障工作，挑起企业抗击疫情的责任担当，相信众志成城、共克时艰不是一句空话，大家一起努力，疫情终将过去，一切都会好起来。

发表时间：2020 年 2 月 22 日

活着！不能让 5 岁的女儿变孤儿

◆ 肖心诚，武汉市民。
夫妻俩都被感染了；目前都康复了。

入院 12 天，我发现客厅桌上的两条金鱼一直没喂食，依然生龙活虎。生命顽强，人一定比鱼更顽强。

采访 | 吴　雪　口述 | 肖心诚（化名）

在这场疫情袭来之前，我曾设想过我的 2020 年：挣多点钱、孝敬老人，和爱人浪漫出游……但从 1 月 19 日那天起，一切美好戛然而止，我的愿望清单上只剩下两个字：活着。

做了最坏的打算，交代了身后事

1984 年出生的我，是一名普通武汉市民，肖心诚是我的社交用名，因为我相信"诚实如金"。2015 年，我和爱人詹新（化名）相识结婚，在市区买了一套三居室的房子，生了一个可爱的女儿。也是同年，我决定从银行辞职，和师兄创立了一家 IT 供应链管理公司。作为合伙人，我日夜奔波，谈客户做项目，5 年来，生意总算有了起色，一家三口日子过得还算殷实。

1 月 18 日，武汉的天气凉意甚浓，我像往常一样饭后出门消食，出门前翻了下日历，还有 7 天就要过年了，摸了摸渐长的头发，决定先去熟悉的理发店剪个板寸。理发师很娴熟，很快剪好了。我挥手道了别，又在外面散步了一个小时，当时武汉的街头几乎没有人戴口罩，大家都像往常一样该干嘛干嘛。

晚上 9 点，回到家后感觉浑身发冷，还伴着少许咳嗽，爱人询问是不是着凉了，量了下体温正常，但为了安全起见，还是吃了感冒药。第二天一早，额头开始发烫，一量 38℃，发烧了。因为爱人在一家医疗流通企业工作，经常给金银潭医院和儿童医院送检测试剂，多少知道些情况，她非常警觉地说："你赶紧戴上口罩，我带你去社区打一针。"

打完针后，第二天我的体温转为了低烧 37.5℃，这天正好是我们公司的年会，因为当时钟南山院士还没有说有人传人的症状，纠结再三我决定戴着口罩参加。在年会上，我全程戴着口罩没摘，中间没有吃一口饭，遇到敬酒的同事，我也会侧着身子喝。同事们都调侃我说："老大，你这也太过了吧。"那个时候，大家心里都觉得没事。

我自己也想，应该不会那么"倒霉"吧，但考虑到女儿和照顾孩子的岳母的健康，我还是自行在房间里隔离了。吃饭他们送到门口，到点了去社区打针，然而，事情并没有往好的方向发展。22 日，爱人也开始发烧了，因为社区诊所 24 日春节放假，加上定点医院交叉感染风险大，我们决定到就近的一家二甲医院——湖北省荣军医院，做个全面检查。

荣军医院距离我家只有 1.1 公里，设有定点发热门诊。到了医院，看病的人排了大长队，但肯定没有定点收治医院的人多。我和爱人一上午就排到了，抽血、做 CT、等结果，很快片子出来了，结果显示：我双肺严重感染，爱人单肺感染。拿着检查单，我俩蒙了。

当天，我们被认定为疑似病人收治了进去，刚开始医院比较慌乱，并没有太大心理准备，专门隔离病房也没有，后来，医院开会

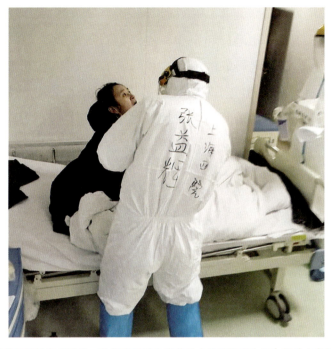

在武汉市第三医院光谷院区，驰援武汉的上海第四人民医院医生正在帮爱人詹新做检查。

临时统筹将一个病区改造成了新冠肺炎隔离病房，我和爱人算是比较幸运的，是第8个和第9个收治进去的。

进来安顿好后，我第一时间发了朋友圈，告诉我身边的亲朋好友："我可能是新冠肺炎，请大家注意，如果有感冒发热的，赶紧就诊。"坦白讲，入院后，我的情绪波动很大，人都有面对未知的恐惧，说不怕死那是开玩笑的。岳母带着女儿在家也很焦急，一直给我爱人打电话，说着说着两人就哭得泣不成声，聊的话题多半是"万一治不好了，怎么办"，"孩子成孤儿怎么办？"

作为家里的顶梁柱，我心里特别不是滋味，我劝自己不能倒下，既然事情已经这样了，那就把自己放心地交给医生、相信医生。只要我和爱人有一个能活下去，我5岁女儿就不会成为孤儿。想通了以后，我还是做了最坏的打算，把家里的财产盘了盘，交代了身后事，写了遗书。事实上，当你开始平静地接受死亡，心态就会发生很大变化。

第二天，我告知岳母和亲朋，如果没有不好的消息，不要打电话，没有消息，就是最好的消息。我和爱人开始互相鼓励，专心对抗病魔。一天输液10个小时，打的多了，手上布满了针眼，有时候针走动了，整个手都是肿的。而且当时医院还没有配饭服务，家人每天把饭菜送到医院电梯口，护士再去取。

面对新的病毒，医生也是试着来的。入院前五天，医生按照抗菌和抗病毒的治疗方案，打了头孢等抗生素。治疗两天，我的体温从37.7℃的低烧，上升到38℃甚至接近39℃的高烧，因为之前生物学得还不错，知道一旦输液，肯定是一个免疫力被破坏的过程，所以根本没有去想："为什么越来越厉害了？"

住院第五天，核酸检测结果才出来，我俩被确诊为新冠肺炎，我是弱阳性，爱人是阳性。由于荣军医院的医疗条件有限，爱人被转到了武汉第三医院光谷院区（以下简称武汉三院光谷院区），我的心情一下子跌到了谷底。虽然我不让家人和她联系，但我每天都发微信给她，说的都是鼓励的话。爱人告诉我，武汉三院光谷院区的治疗方案不同，没有打针，就是吃药。医生叮嘱吃盐酸阿维多尔片和连花清瘟胶囊，然后多吃饭，增加营养。

把自己放心地交给医生，打倒病魔指日可待

幸运的是，从第五天开始，我开始退烧了，每天用毛巾擦出很多汗。爱人给我发来微信说："你一定要先治愈，我才有希望。"吃饭问题医院也解决了，为了避免交叉感染，护士每天一天三顿送饭，菜谱也很丰富，每天至少两个鸡蛋，半只鸡，有鱼肉、青菜等。医生再三叮嘱说，就算再没胃口，也要多吃蛋白质，提高免疫力。

话是这么说，但任谁遇到这种事，保持好心态都太难了。爱人转院后，旁边病床上转来一个50多岁的大叔，是在家庭聚餐时感染

的，现在一家八口人全部住进医院了。大叔很忧心，一天要测无数次体温，总担心自己的身体。"体温怎么上来了，又到38℃了""为什么又给我上呼吸机了，我病情重了吗？""我没病，为什么要打那么多吊瓶啊？"

我算是个"过来者"，知道退烧肯定有个反复的过程，大叔年龄大点负面情绪多，也很正常，我就试着帮他排解。从1月22日住进来，医护人员的辛苦我是感受最深的。因为病人多，床头的呼叫铃一天都没停过，此起彼伏。全院的医生、护士十几天没回家了，每天抢救病人、输液都用跑的，跟"打仗"没什么区别。

主管我们床位的护士说，她一个防护服穿了六天，晚上戴口罩睡觉，为的就是能不浪费物资就不浪费。有一次，她扎针扎错了，紧张得不得了，还连忙道歉，我就特别体谅她。作为患者，应该理解配合医护人员，不要再增加他们的负担，能自己解决的自己解决。

首批治愈患者欢送仪式，詹新（左一）与医护人员合影。

其实，他们和患者一样，都面临着巨大的心理压力。这次，全国派了许多医疗队驰援武汉，我爱人住的武汉三院光谷院区，就有上海市第四人民医院、上海同济大学附属康复医院、同济大学附属东方医院的医生。在他们的精心照顾下，1月30日，爱人已经退烧。

2月1日，入院第九天，我的体温已经70多个小时保持正常，气色恢复得也很好，起床从开始的撑着起来，到现在很自然地坐起来。医生说，再观察几天，如果没什么异常，说不定就可以出院了。我很开心，听着外面的鸟叫声，心里的阴霾一下子吹散了。最后三天，我每天按时抽血，照CT，等结果，乖乖吃饭。2月3日上午11点，医生正式宣布我康复出院。

我第一时间发了朋友圈，大家都很振奋。我又把这个消息报备给社区和物业，值班司机说不敢来接，我表示理解，因为在社区管辖的几十栋楼里，有40多例确认和疑似病例，其中有2名物业也感染了。下午办理完出院手续，医生叮嘱我好好休息，最后是我自己走回了家。那天，我走在武汉的街头，阳光格外的好。

2月8日，元宵节，爱人也出院了，武汉三院光谷院区还搞了一个欢送仪式，新闻图片上穿黑色羽绒服的就是我爱人，和爱人同批次出院的还有另外6名新冠肺炎患者。出院当天，主管床位的同济大学附属康复医院主管护师沈艳梅写下了这段话："今天我们病区有3位病人治愈，包括我负责的39床詹妹妹，这是我来武汉后，治愈的第一批病人，十多天的辛苦终于有了回报。"

在医院待了整整12天，我们特别感谢医生、护士，也特别感谢社区和物业，相比较那些仍在隔离的重症患者，我和爱人是幸运儿。更加幸运的是，我的女儿和岳母隔离了17天，目前健健康康；我的同事和朋友居家隔离观察，也都健健康康。我平时不爱发朋友圈，也从不爱拿自己的故事来讲，这次之所以愿意分享，是想告诉那些正处在"黑暗"中的朋友们，不要只看到悲伤，不要只往坏处想，把自己放心地交给医生，打倒病魔，指日可待。

回到熟悉的小家，我和家人团聚了。接下来居家隔离的 14 天，我给自己和爱人布置了一份特殊的功课：每天房间内步行 5000 步以上，练拳 10 分钟，每天鸡蛋三枚，蔬菜若干，时刻戴口罩。入院 12 天，我发现客厅桌上的两条金鱼一直没喂食，依然生龙活虎。生命顽强，人一定比鱼更顽强。

发表时间：2020 年 2 月 10 日

COVID-19

◆ 万先生，武汉市民。
火神山医院的"网红患者"。

火神山『网红患者』：公开经历，只为大家增信心

我是一个写财经文章的，本来传染病这种事情和我八竿子也打不着，可事情就是这么魔幻，一不小心成了火神山医院的"网红患者"。等我出去，我会向大家展示，我的家乡武汉有多美。

采访 | 黄 祺　口述 | 万先生

2月4日早上10点多，我上了救护车，真快，高架上基本都是120公里的速度，一路飞驰到了火神山医院。

下车的时候，医院给每个人配了轮椅，可是我没有要，我要自己走！

一步一步沿着长长的过道走过去，我看见上方飞着的无人机，一路跟着我，我向它打招呼。屋顶上一大群摄影记者，我也向他们挥手示意，可能他们没有遇到这么精神的患者，也很兴奋，向我挥手。我没想到这是直播，我的朋友在电视上都看见我一边挥手、一边挥舞拳头走进病房，他们都说，你太给力了。

咱可是条汉子，关键时刻，不能孬！

进了病房，护士马上给我上了监护，并且

给我吸氧，说实话，还真舒服。我没忘记事先答应网友的事，赶紧把整个房间的设施都拍下来然后发出去了。这下可出大事了！瞬时全国无数人涌入我的头条号和新开的抖音号，无数留言潮水般涌来，我根本来不及看就被刷飞了，太惊人了。

万先生在病床上拍视频发文章。

生病以后我一直在发日记和视频，我公开自己的经历不为别的，就是为了让大家多点信心，这个病可以治疗的。这个时候，什么都可以输，信心不能输。

备齐口罩、酒精、手套，还是中招了

我这个人比较敏感，说起这次生病，我仿佛有预感似的。

12月31日，湖北最早开始报道发现新型肺炎的新闻，我当时就有预感觉得会变得严重。我跟老婆说我们去外地一段时间吧，她没同意。

那个时候新闻里说的是没有发现人传人，但我已经在做防护的准备了。元旦后我立刻购买了各种口罩，还有各种消毒药水和酒精，我甚至还买了五盒专用的医用手套。

应该说我防护已经很严密了，可惜还是中招了。现在想来，可能就是眼睛的黏膜感染，虽然我戴着眼镜。

我是"70后"，平时身体比较健康，现在回忆，生病前我曾经去过的地方只有三个：武汉市江岸区解放公园路中轻大楼里的写字班（孩子在那里上课），武汉天地皇家芭蕾舞（孩子上课），后来去参加了皇家芭蕾舞在湖北剧院的表演，所有往返都是自驾车或者网约车。

由于形势严峻，从22日开始我们一家就在家自行隔离，全部不出家门，我连出门丢垃圾都是严密防护。

一切都从1月24日发生改变。

24日下午例行给母亲打电话问候，得知老人发烧了，我当时就警觉起来，立刻在家测量，体温37.3℃，于是马上进入卧室开始隔离。由于之前已经有所警觉，22日就开始吃提前购买的奥司他韦，每日一粒的预防模式，加上连花清瘟胶囊也是立即启用开始吃。

24日晚上体温继续升高，达到38.5℃，明显控制不住了，我把以前买给小孩的美林拿出来喝了一次，20毫升，半小时后体温开始下降，到12点睡觉前是37.2℃。

25日早上醒来，觉得有点热，测量体温是38℃，半小时后又下降到37.6℃，感觉良好，除了有点咳和发烧外，没有其他不适症状，精神也很好。考虑到咳得有点多了，而且有痰，就加服了阿莫西林。我并非胡乱吃药，也是网上向武汉同济医院医生问诊后，作出在家吃药隔离的决定。

第一次就医，医生叫我回家隔离吃药

26日晚上，体温再次升高到达38.2℃，服用退烧药后稍微下降了一点，但在反复发热的情况下，我不能再继续在家里了，为了让家人安心，明知道医院很危险，我也不得不去了。

我按照政府发布的流程：首先联系社区，无人应答，联系社区医院，无人应答，联系发布的区联系电话，占线。

半小时后社区回话：下班了！社区医院也下班了！我简直不敢相信我的耳朵，都什么时候了，怎么会下班？没人值班吗？

好在终于打通了区里公布的咨询电话，告知了定点医院汉口医院的一位主任的电话，经过咨询得知，我可以自己去医院看发热门诊，考虑到发热两天以上，而且咳，建议尽快去。

为了防止交叉感染，考虑再三，我决定走过去，距离大约3.5公里，不算很远，走路不到1小时；二来已经在家多日没有出门的我，也想出去走走。

26日晚上8点40分左右，我出门了，戴上口罩、眼镜，头上戴了一次性的浴帽，脚上鞋子外面套上鞋套，戴好医用手套，全副武装出门去。

路上只有零星几个人，除了来回跑的救护车和少量私家车，整个城市一片寂静。真的难以想象，这就是我生活了40多年的城市，一个1000多万人的大都市，说实话，我的心真的在滴血。虽然平时各种吐槽，可是当危机真的来临的时候，谁不爱自己的故乡呢？

寒风中走了接近一个小时，进入医院大楼前，看见有人在哭，心中一紧，走进门诊大厅，听见一个婆婆打电话，这里刚刚死了一个。

依照程序，先挂号，再测氧饱和，一般人氧饱和都是93—99，不知道为什么那个机器测我是100。我后面来了一名女性，大约30岁，走路也走不动，明显状态不好，氧饱和只有81，护士赶紧叫人来扶进抢救室了，后面又来了一位孕妇，老公和父亲一起来的，氧饱和88，明显不妙，也进去了。

经过前面多天的混乱，政府疏导后医院人不像之前那么多了，排队的大概就是30人不到，等待大约2小时，我老老实实地去诊室门口再排队等候。

医生开了检查单，查血，加做CT。12点整，所有检查结束，等待结果。27日凌晨1点，我先去拿了CT报告，左上肺见少许斑点状模糊影，我心里有数了，这就是肺炎，只不过并不严重。

查血结果就更明确，所有已知病毒全部阴性，除了新型冠状病毒没有检测。跑去医生那里，医生说我是疑似病例，但是现在做不了检测，好在状况也不重，叫回家自己隔离、吃药。

走出医院一段距离后，扔掉浴帽，手套、鞋套、口罩全部换新的，信心满满走回家。进门之前脱下外套和外裤，全部喷洒消毒液后扔掉，里面衣物用消毒水浸泡清洗消毒，乖乖地再次进卧室隔离。

幸运住院，但妈妈和老婆都发烧了

1月27日开始，我就自己隔离在家吃药。除了医院开的西药，我还吃了朋友开的中药。但是体温一阵高、一阵低，整个人就像在海浪中一样。我从来不吃鸡，但为了恢复，强忍着恶心吃了几口鸡汤面，但吃啥吐啥，边吃边吐。

到了1月30日，病情一直没有好转。听说协和医院西区开了新病区，有700张床位，我想冒险一试。武汉全市禁行，但在一线生机面前这些都不是事。我拖着病体开了几十公里过去，靠近医院的地方被警察拦住了，我没有通行证，而且发烧，不许过去，无奈之下只好返回。但好消息是回家后发现体温稍微下来一点，只有37.3℃，不幸中的大幸。

我回家后，休息了一下午，5点左右听到一个消息，说武汉市中心医院新开了一个病区，我立马赶去，还剩最后一个，医院把我收进去了。

从1月31日开始，我的病情加重。31日迷迷糊糊睡到凌晨2点多，突然肺部剧痛，醒过来。

虽然住进医院，但是医生还没有开任何医嘱。在此之前，我除了好好休息保存体力外，也没什么好做的。

前一天晚上老婆给我打电话，说女儿可能发烧了，我的心都要碎了。为了孩子为了家人，我必须尽快恢复，我坚决不能倒下。

8点半，病房送来了早餐！原本以为只能靠饼干过日子，居然有吃的。一个已经放凉了的菜肉包，一碗稀粥，一个煮鸡蛋，虽然一直想吐，但我只花了几分钟就吞下去了。一来因为我确实很饿，二来我的口鼻在外面暴露的时间越长越危险，三是因为我知道，我必须吃，只有吃才有力气和病毒打仗，家里人还等着我回去，我还要去救她们，我不能倒下。

想到这里，我又不争气地哭了，我这40多岁老爷们，最近一个多星期，特别容易哭，哭的次数比过去几十年都还要多，丢人……

发烧第7天，医生给我扎了留置针，开始输第一瓶药，据说病人太多，药供应紧张，不能及时到位。

同时，家里的情况也不太好，母亲早上5点多出门，走了一个多小时到医院，排队两个小时做上了检查，双肺感染，属于高度疑似病例，目前正在打针，我好难过。可怜老太太70多岁，前年肾脏长了9厘米大的肿瘤做了切除手术，却为了保命不得不自己走几公里看病。

老婆情况也不好，连续多天发烧38℃多，我觉得她的肺也感染了，但因为没有人能接走孩子，她只能在家硬扛。我恨不得马上就病好了回家替她，我们家，一个都不能少！

这几天我也经常在思考，我最担心谁。我发现还是我女儿，我是不是有点自私了。女儿9岁多了，她出生一段时间内，我就推掉了所有工作，全心在家里照顾她，第一次喂奶，第一次换尿不湿，第一次洗澡，第一次说话，第一次走路，第一次……太多太多了，我都在身边陪伴，却没想到这次生病到现在，足足8天了，没有见过孩子，唉，我又想哭了，不争气……

挺过最凶险的阶段

1月31日那天，我听护士说，医院里第一批救治病人的医生护士，很多都住院了，他们的防护服不够，质量也不够好。挽救我生

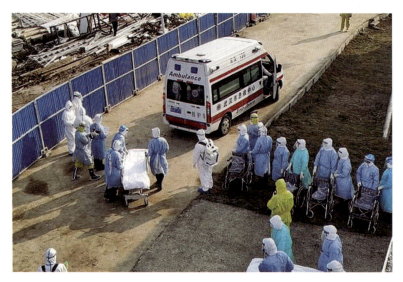

火神山首批病人入院。

命的武汉市中心医院的医护人员，这个恩情我永远记得，没齿难忘。为众人抱薪者，不可使其倒毙于风雪……

住院第三天，我的体温始终保持着上午37.7℃、下午38.5℃的样子，喉咙痛的症状明显减轻，但是咳得太厉害了，整个腹肌到胸骨都在痛，会影响吃饭，每吃一口饭，足足要疼上一分多钟，痛到几乎无法呼吸，真是拼尽全力在吃。

好消息是老婆这天打电话说不发烧了，体温36.2℃，再继续保持3天，她就扛过去了。女儿体温正常，没想到我们家最弱的两人，却是恢复最快的。母亲已经到隔离观察点去了。

发烧的第十天，体温保持得非常好，血氧饱和度也很好，一切都在向好的方向发展。不过我清楚地知道，必须要等激素停用后，我还是不发烧，那才是真的过关。

听医生说，我即将被转入火神山医院，中国最好的军医都到了，我出院回家不过就是时间问题。

那天让我觉得最开心的事，其实还不是去火神山，而是帮助武汉市中心医院因为救治病患而感染的医护人员申请了救助金。他们用命在救人，无论什么样的奖励，我觉得都不过分，他们很多人都非常年轻，有的甚至20岁刚出头，其实还是个孩子。

能力有限，但是我想，最起码，要让他们下班了有口热饭吃，再也不想他们吃泡面了。

争取从火神山医院第一批出院

到火神山医院的第四天，我的状态越来越好了，连护士看到我都说，你比刚来的时候好多了。哎，亏我还以为自己来的时候不喘，现在看看前几天的视频，简直不敢想象。

到火神山医院后我拍了视频发在网上，引得很多记者来采访我。火神山医院条件真的不错，两人一间，有空调，拖鞋都是新的。和我一间的是位老人，老人家情况严重一些。

我写文章、拍视频不是为别的，我的目的很简单，就是告诉大家，这个病真的可以治疗，我想给所有人信心。

我以前参与很多财经节目录制，所以拍视频我很习惯。不过后来医生们说我拍视频让他们有压力，我答应不拍了，你看到的都是之前拍的。我答应了医生，不能食言。

我现在最大的希望，是成为火神山医院第一批出院的痊愈病人，我想让大家看到病毒很凶猛，但是不必惊慌。

我是一个写财经文章的，本来传染病这种事情和我八竿子也打不着，可事情就是这么魔幻。

等我出去，我会向大家展示，我的家乡武汉有多美。

发表时间：2020年2月10日

◆ 秦天，从武汉金银潭康复出院的心脏移植＋新冠肺炎患者。

像我这样一个心脏移植患者都能康复，相信能给更多人信心——这个病毒并不可怕。

采访 | 周　洁　口述 | 秦　天（化名）

2月11日，我从武汉金银潭医院出院了。对于一个心脏移植患者来说，这很不容易，就算是感染了普通的感冒，对我都是很危险的，因为我长期口服的抗排异药物，本身就会降低人的免疫力和抵抗力。

治疗期间，我好几次觉得很害怕很绝望，身体状况最差的时候，还给妻子写了遗书，告诉她后事怎么处理，孩子怎么办，但很多人给了我无私的帮助和温暖的安慰，我能康复，很感谢他们。

我还记得我发病的那天，是1月23日，凌晨我突然发烧了，用了点退烧药，体温下去了，人的状态还是很差，就去附近的医院看了看，打了4天针，但是人还是很乏力，医院的医生说我这不是普通感冒，怀疑我是新冠肺炎，要赶紧去定点医院做进一步检查，综合考虑之下，

我是心脏移植＋新冠肺炎患者，我从金银潭医院出院了

我去了协和医院做检查。

协和医院也是我做心脏移植的医院，说起来，我之所以要做心脏移植，也是因为一场感冒，2014年的时候，我一直很忙，咳嗽了好几个月也没有去看，实在拖到很严重了才去医院检查，发现得了心肌炎，之后病情恶化成扩张型心肌病，2017年的时候，协和医院帮我做了心脏移植手术，到现在还一直在吃抗排异的药物。

现在回想起来，因为我每个月都要去医院开抗排异的药，我要么就是1月去医院拿药的时候感染上的新冠病毒，要么就是去家乐福买东西的时候感染上的。后来我在协和医院被确诊得了新冠肺炎。

确诊后，我第一时间联系了此前帮我做过手术的刘金平教授，他虽然人在美国进修，但是他很关心我的情况，一直在指导我。他跟我说，这个病药物是一个方面，个人的情绪也很重要。他让我一定要坚持，一定要吃东西。

确诊后，我也跟社区打了电话上报了一下，因为一时半会医院没有床位给我，所以我先在家里自我隔离。我确诊后回家就跟妻子分房生活了，孩子也被送到了老人家里。我和妻子通过微信来联系，包括拿饭菜、拿空碗、洗澡，都提前联系好，错时进行，所以虽然生活在同一个房子里，但我们没有打过照面。当时的感觉是很无力的，整个人躺在床上起不来，每天都很沮丧。而且我和妻子虽然没有直接的交流，但我听到她的声音，我也知道她肯定哭了很多次，照顾我也费了很多心力。

妻子那段时间看新闻，看到有个人喝鸡汤喝好了，大概是鸡汤对提高身体免疫力有好处，她就帮我炖了鸡汤，我喝了以后，拉肚子，整个人很不好，吃了点肠胃药才停止腹泻。协和心脏移植患者术后门诊的张菁医生告诉我，可能是鸡汤太油腻了。但不知道为什么，第二天我觉得身体有了些力气，也有了食欲，慢慢可以进食了，那段时间我吃的是莫西沙星和阿比多尔，也不知道有没有起到效果。

在这期间，我的抗排异药物快吃完了，如果不能及时拿到药的

话，一旦器官和自己的身体产生排斥，就会威胁我的生命。我就打电话给社区希望能得到帮助。

其实我刚刚搬到这个社区没多久，对社区的运转不是很熟悉，但我运气很好，碰到一个很负责的工作人员——彭宏同志。我不知道他的职位，就连名字也是最近才搞清楚的，之前打电话一直喊"陈主任"，他也不纠正我，但我整个治疗期间，他给予了我们家特别多的关照，我隔离期间都是他请人帮我们送菜。我的抗排异药物快用完的时候，他还主动联系车辆送我妻子去协和拿药，之后方舱医院建好了，也是他通知我过去。

2月6日，我住进了方舱医院，但是当时那里的环境还比较乱，旁边床位的病人时不时地咳嗽，还有发烧病人，我刚有点好起来，心里有点害怕，刘金平教授也让我尽量不要跟这么多病人住在一起，毕竟我做过心脏移植，免疫力比较差。我跟方舱医院里的医生说了我的情况，我没记住他的名字，只知道他是天津医疗队的医生，他得知我的情况后，就联系帮我转院。于是当天晚上，我住进了金银潭医院的病房。

跟我一个病房的，还有其他医院转过来的重症患者。我住在综合楼，这里的病房是重症和轻症一起收的，一个病房里有3张床，我住在中间，我旁边是一个 70 多岁的老大爷，前两天状态很差，血压忽高忽低，大小便失禁，生活完全不能自理，连监护器都上了，看着老大爷的样子，我心理压力很大，一起住了几天后，那些天我没怎么休息好。

幸好，抢救了两三天后，老大爷的情况慢慢好转了，我快出院的时候，他已经可以自己吃饭、上厕所了。

住在我另一边的是二十多岁的年轻人，他看上去精神不太好，一直高烧不退，医生会诊说他的 CT 看起来肺部感染很严重。还有一个加床的病人也睡在我们病房，他是参加过新闻里说的那个万人宴，不过他跟我一样，属于轻症病人。

金银潭医院的医生对我们很温柔细致，因为我当时已经没有什么不舒服了，所以入院后只做了一些检查，也没有给我开药，我还有些担心。医生说他对我们每个人的病情都很了解，看了我的验血报告，都是比较正常的，不需要进行药物治疗，只做隔离和观察。

我在金银潭医院待了 5 天，2 月 11 日医生通知我可以出院了。出院的时候，我带着病历本去结账，工作人员告诉我，我一分钱都不需要花，政府已经帮我买单了。那天，我还把住院期间穿过的衣服都扔掉了，还有住院用的洗

这个是金银潭综合楼 我住病房

金银潭医院综合楼住院部实景。

脸盆子也都扔掉了。

这里还有一个小插曲，出院的时候，我身份证、医保卡没有带在身上，于是我又打电话给彭宏，他在电话里听到我要出院了很开心，很快就答应帮我安排车送过来，我说能不能顺便带我回家，他也一口答应了。不过，后来我才知道出院的病人必须统一乘坐一辆公交车离院，所以就没有坐彭宏给我安排的车。

其实我还有很多要感谢他的，一个社区很大，我也只是给社区的公共电话打了一次，他就记住了我的情况，主动手机打给我问我的情况，后来我就一直保存着他的手机号，之前我病情不稳定的时候，住不上院很烦躁，经常打电话给他，有的时候甚至是埋怨他，跟他发火，还骂他是骗子，但他从来没有拒接过我的电话，一直都是很耐心地安慰我、鼓励我、帮助我，而我甚至没有叫对过他的名字，直到现在，我也没有见过他的面。

说实话，我觉得我当时的粗鲁，亲戚朋友也许可以忍受，但是他作为一个陌生人，能够这样帮助我，我心里真的很感激，这也是为什么我主动联系媒体，想要把我的这段经历写出来的原因。另一个原因就是，像我这样一个心脏移植患者都能康复，相信能给更多人信心——这个病毒并不可怕。

发表时间：2020 年 2 月 15 日

我在武汉方舱医院14天，有了一种胜利在望的感觉

◆ 余毅，老家黄冈，在武汉工作。

从2月7日到现在，一方面大家的活动越来越丰富，另一方面由于轻症患者比较多，人们病情都慢慢恢复。所以，我看到每个人脸上的笑容都变多了。

采访 | 王仲昀　口述 | 桂全友

这一个月终于要过去了。

2月21日上午，在等待几天后，我做了第二次核酸检测。前几天做了第一次，检测结果是阴性。过两天第二次的结果也会出来，如果还是阴性，加上医生认定我符合标准的话，我就可以出院了。

从一月下旬开始出现症状，得不到确诊，然后回家隔离。再到后来病情加重，被确诊，接受治疗，最终来到方舱医院。过去的一个月，我都在和新冠肺炎作斗争。现在，我终于有一种"胜利"在望的感觉。

进到方舱医院觉得得救了

1月底，我出现了新冠肺炎的一些症状，不过始终没被确诊。由于症状比较轻，医生建议

我回家隔离。一开始在家有过好转，不过没过几天，到2月份时，病情又突然加重了。

眼看在家隔离和吃药没用了，我只好再去医院寻求治疗。2月4日，我去了此前已经去过两次的同济医院光谷院区。当时我已经浑身畏寒、乏力、头很痛。这次去光谷院区，他们终于给我治疗了。没有住院，但是开始在发热门诊给我打针。

两天之后，我的核酸检测结果出来了，显示是可疑阳性。我当时看到检测结果很伤心，胸很闷，呼吸比之前更困难了。我在医院连续打了4天针，到2月7日上午，我接到了东湖疾控中心的电话，他们说接到我的病情反馈信息，认定我属于阳性和阴性中间的患者，要住院治疗，我说没床位，他们就让我跟武昌区防疫指挥中心联系，看看能否有床位。

没想到当天晚上，我就接到了电话，说可以安排我去方舱医院。于是我直接从家里出发，去了集合点，和其他患者一起被送到了现在所在的武汉客厅方舱医院。当时虽然身体还是不舒服，但跟之前的伤心比起来，我有了一种"得救了"的感觉。我在进方舱之前，已经失眠了好几天。

看着大家笑容逐渐变多

武汉客厅方舱医院，现在差不多有2000名患者。我注意到大部分患者和我差不多，都是那天晚上以及之后两天来的，因为我们这个方舱医院是6日才开放。

我想说一些我这段时间在方舱的观察。首先想说，医生护士们真的很辛苦，一开始他们是最忙碌的。因为大家都刚来，然后陆续不停有患者进来，一切还不像现在这样有秩序。但是，即使在前几天，医护人员依旧保持每天三次来给我们患者测体温、量血压，并且询问我们的身体状况，告诉我们有什么需要都可以跟他们说。来

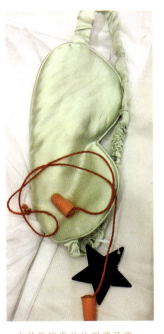

方舱医院发放的眼罩耳塞。 方舱医院发放的心理自助读本。

我们这里的，主要是福建省援鄂医疗队，然后其他地区也有一些。这些来自全国各地的医护人员，从一开始，就给我们提供了很不错的医疗条件。

除了医疗条件，这里的饮食也不错。提供给我们的有一日三餐，每一餐的时间也比较固定，早餐是 7 点，午餐是 11 点半，晚餐是下午 5 点半。此外还有各种水果和牛奶，有时还有零食。每天的菜也在换，有各种肉，还有鸡腿。大家都说在这把自己吃胖了。

然后生活状况就像人们在网上看到的那样，除了不能洗澡，其他都挺好。我们进来的时候，这里给每个人发电热毯、牙刷牙膏，还有毛巾。方舱医院晚上是不熄灯的，所以还给我们发了眼罩。另外因为空调和换气设备比较多，也发了耳塞，这样睡觉就不会被吵到。大家在这里的作息都非常规律，一般晚上 10 点，大部分人都睡觉了，然后早上六七点起床。

可能是有了这些生活和医疗上的保障，以及方舱内大多人都是

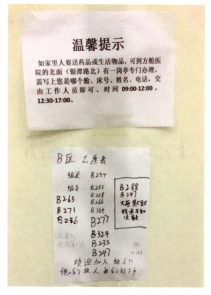

患者自发成为志愿者。

方舱医院的墙上写满感谢。

轻症患者，所以在这待了 14 天，我能明显感觉到自己和身边人的变化。一开始刚来，大家普遍比较焦虑，人和人之间不太愿意交流。很多人跟我一样，刚进来的时候还要被各种人打电话询问病情，有家人，也有社区的电话。这样大家本来心情就不好，还要接电话。

我注意到刚来的时候，有些年纪大一点的阿姨会问医护人员，方舱哪里有室外活动场所。这当然是没有的，但后来我发现她们在厕所外面找到一块地方，那地方不大，但是可以晒太阳。有人在天气好的时候会去晒晒太阳，我想这个细节也反映了大家的心情。

大概从 2 月 10 日开始，就有工作人员弄来了音响。有了音响，人们就闲不住了。唱歌、跳广场舞都有了，还有护士带着我们跳一些健身操。我基本上每天都跟着跳健身操。有了这些活动，人们也就开朗起来了，大家的交流逐渐变多。我身边住的都是三四十岁的人，大家也挺谈得来，这段时间相处下来，让人感到也是比较温暖。

从 2 月 7 日到现在，一方面大家的活动越来越丰富，另一方面由于轻症患者比较多，人们病情都慢慢恢复。所以，我看到每个人脸上的笑容都变多了。

除了我们这些患者之间的交流变多，我们和医护人员也聊得越来越多。我们发现，医护人员不仅要给我们提供各种测试，还得给我们送饭。然后有一些像我这样症状随着时间几乎消失的患者，从18日前后就自发组织起来，当起了志愿者。

其实我们能做的也只有帮他们分发患者的食物，但是他们还是一直跟我们表达感谢。我觉得在这种时候，帮助别人也让我自己更快乐，比我天天躺在床上更舒服。

我已经做完了两次核酸检测，现在身体也没什么异样，我想离我从方舱出院的日子不远了。我还没想好之后的打算，因为我出去之后还得按要求去社区安排的酒店，再隔离14天。我老婆和孩子也都在隔离点。家人相见可能还有一段日子，我希望那一天能尽快到来。

发表时间：2020 年 2 月 24 日

◆ 陈璇, 武汉市民。

丈夫被隔离。自己和儿子也被隔离, 等待城市恢复生机。

和老高一样, 我们都等待着这一天, 作为一名在武汉打拼的普通市民, 我爱这座城市, 希望武汉好起来, 希望我的故事能带给你们力量。

采访 | 吴 雪　口述 | 陈 璇

我叫陈璇, 今年48岁, 湖北咸宁市嘉鱼县人, 2013年, 我和老高从奋斗了17年的中山市, 回到了湖北家乡, 我在武汉做烘焙工作, 丈夫老高在嘉鱼县, 我们还有一个23岁的儿子, 目前在中山某大学攻读硕士研究生。一年到头, 一家人团聚的次数很少, 今年春节, 我本打算开车和老高一起到中山过个团圆年, 但事情在1月21日发生了转折。

1月20日上午, 关于新型冠状肺炎的新闻开始陆续在手机上出现, 当时武汉街上的市民似乎并没有当回事, 没有几个戴口罩的, 但我心里有点忐忑。在老高从嘉鱼来武汉之前, 我再三嘱咐他: 一定要戴口罩, 一定要戴口罩。但和我预想的一样, 倔强的老高一点都不在乎,

陈璇的同事每天免费提供面包到武汉一线医院。

就这样"光秃秃"地回家了。

21日早上我们出发前往中山，当时武汉还没有封城，一路上，同事和朋友纷纷发信息给我说，他们都选择居家隔离观察，并叮嘱我们一定要戴好口罩，到了中山不要乱跑。此时我们防范意识已经很强，一路上都戴着口罩，未曾取下，但这时候，老高开始有点低烧，体温大概在37.2℃左右，我开始有些慌：万一感染了咋办？

老高安慰我说，没事，也许是普通感冒。虽然嘴上这么说，但在见儿子之前，我俩都不约而同地多戴了层N95的口罩。儿子知道这个情况后，第一时间送我们去了医院，并主动告知医生说，我们是来自湖北，看是否需要采取措施。结果是幸运的，去了普通门诊和发热门诊测量体温都是36.7℃，医生建议居家观察。

一直到大年三十，老高都未曾再发烧，但因为老高之前有过发热，为了安全起见，我们一家三口仍然不敢松懈，平时除了吃饭喝水都戴着口罩，餐具全部分开，吃饭用公筷，家里所有手接触点全部擦拭消毒。大年三十那天，我看到小区物业发朋友圈要求业主上报武汉人员信息，我们主动上报并登记了人员信息。

当天下午，市疾控中心的人来了，量了体温，配发了口罩，叮嘱居家隔离。1月28日，老高再次发烧，还伴随着拉肚子、呕吐，我们赶紧去中医医院检查，并说明了近几天的情况。医生拍了CT说肺部有些问题，疑似但并未确诊，建议隔离，后转入中山市第二医院隔离治疗。老高被隔离了，我有些慌，但在儿子面前还是要表现镇定，回到家后，我把老高接触过的所有东西全部消毒了一遍。

睡前，儿子特意嘱咐，要求我们的房门都开着，有不舒服就互相照顾。第二天醒来，医院传来了两个好消息：一个是我和儿子的结果都没问题，但医生说需要请示专家，看如何防护。另一个是，在医生的悉心照顾下，老高的烧已经退了。在居家的这几天，我们基本不外出，吃饭在家解决，买菜、倒垃圾等需求请求物业帮忙。

1月30日，市疾控中心打来电话说，疑似病例的亲密接触者需进行隔离，所有的费用全部由政府负担，让我们准备一下。这下，我心里有底了，悬着的心终于可以稍稍放松下，和儿子收拾好行李，一起上了救护车。没想到，第一次坐救护车，是这样的情景。

到了定点酒店，工作人员穿戴防护服、戴着护目镜，然而态度非常好。第一次被别人用另类的眼光对待，虽然不太适应，但特别能理解。这个酒店规模很大，环境不错，我和儿子分别被隔离在一个单人间和一个双人间，酒店工作人员每日定点送三餐，垃圾定点收取。早餐有瘦肉粥、包子、稀饭、油条，午餐、晚餐还有中山当地的肠粉，甚至十几块钱一斤的荷兰豆、炒腊肉也有。

防疫人员也非常负责，每天上门两次测量体温，目前都很正常。一个漂泊在他乡的湖北人，在这个特殊时期，能得到政府温暖的关怀，非常感动。而远在千里之外，我的同事们，也正在为武汉一线的医护人员尽一份力。自从各区150家烘焙店停业后，他们每天轮流自发地做尽可能多的面包送往武汉各大医院。目前，已经和武汉市九医院、武汉市八医院、汉口医院等16家医院沟通好配送事

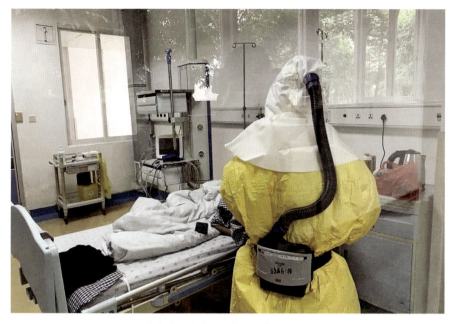

老高被隔离的医院中山市第二医院。

宜，其他援助医院也在持续对接中。

今天是老高隔离的第六天，我和儿子隔离的第四天，早上在群里和他们视频，儿子已将情况报告给学校，每天看书、练吉他，生活充实；老高入院后，也从开始的乏力、食欲不振，到现在胃口大好，食欲大增，他还打趣地鼓励起我来说："等到我出院了，你可要做一桌拿手好菜给我吃啊，我们还要一起跑步锻炼身体呢……"

和老高一样，我们都等待着这一天，作为一名在武汉打拼的普通市民，我爱这座城市，希望武汉好起来，希望我的故事能带给你们力量。

发表时间：2020 年 2 月 2 日

我觉得，我们是来这里治病的，这种临时搭建起来的地方，基本条件过得去就可以了。特殊时期，大家需要互相谅解。我也相信，疫情过去后，一切都会好起来的。

采访 | 应 琛 口述 | 李 甜

我今年 43 岁，在武汉硚口区税务局工作。我原本是一个很阳光的单亲妈妈，准备今年 2 月 2 日结婚的。但因为这场疫情，一下子变得一无所有。

家里最早是我妈妈在 1 月 24 日晚上出现了咳嗽的情况。到了 1 月 25 日，就开始加剧了，一直低烧在 38.5℃左右。

我爸爸在南京上班，年前就回家了。因为提前请了假，1 月 20 日，我也不上班了。从这天后，全家人都在家，没有去过什么人群聚集的地方。我爸是中医、主任医师，我妈是西医，我自己大专的时候也是学中医的。所以我们当时都以为母亲只是普通的感冒发烧，在家自行给她输了液，她的烧确实也退了。

但之后的几天里，家里四口人陆续出现了不舒服的情况，不过都没有发烧。像我就是浑身痛，脖子也痛，我还以为是颈椎病犯了。说真的，四个人中三个是学医的，完全没有想过会感染，我们都很注意的。

1月30日，我妈身体突然变差，说她难受。我一看情况确实不太妙，赶紧跑到小区开着的那个门，问保安能不能把离我家近的那个门打开。因为现在每个小区都封门，唯一开着的那个门，我搀着母亲走过去的话要十多分钟。但他们说不行，那也没办法。我又去跟社区报备，说我家里是这样的情况，问他们是否可以派车把我妈送去指定医院，但他们让我自己送到指定的前进卫生院核查。

那天，我自己的身体也还是痛，但家里只有我，还好当时还能开车，就把母亲送过去了。对方只能做胸透，建议我要去大医院进一步做CT。离我们家最近的就是协和医院，但我知道那里肯定人满为患，我妈这个情况不可能排队的。我又开着车把我妈送到了江岸区一个比较偏的医院，CT做完，医生说不排除是新冠肺炎，但他们这里不具备检测条件。

我妈拉着我，说她喘不过气来。我赶紧把她送去了协和医院。在发热门诊，我是直接跪在了地上，说快来人救救我妈妈，她快不行了。幸好，有个像是护士长的人，马上找了轮椅把母亲送去吸氧，这才缓解了一点。当天我把所有能做的检查都给我妈做了，包括核酸检测。我自己也做了核酸检测。

输液室里面全是吸氧的人。那天我妈就一直坐在输液室门口，但非常冷。我想给我妈安排住院。医生说新冠肺炎确诊病人都是去协和西院，但那里也没有床位了。这一切我都明白，我不奢求有床位。我就一直求医生哪怕是一个留观的位置也行。最后，医生让我把妈妈送去4楼的留观室。那里是一个两人间，我真的很感激，也很满意了。

但当时我妈的情况已经很差了，有床也不能躺，会影响呼吸，

只能一直坐在轮椅上。这期间，我才知道，母亲曾陪舅舅去医院看过一次病，而我舅已经在武汉市中心医院住院，是新冠确诊病人。

这种情况下，安顿完我妈，我立刻在医院对面租了一个民宿，回家收拾了一下，把我儿子和爸爸接过去住，一人一间房隔离。当时，我儿子也有点发烧了，而我爸浑身乏力。

1 月 31 日，儿子发烧到 39℃，我赶紧带着他去医院。我爸那时不愿意去，说他走不动。儿子在医院吊了针，也做了核酸检测。第二天，我硬拖着父亲去医院也做了核酸。

最后，检测结果出来，我妈是双强阳确认，我和爸爸是双阳确认，我儿子单阳确认。这个检测结果也是一波三折，本来是说确诊病人才会收到短信，但我一直没有收到我妈的短信。一开始医生说没有收到就不是，还让我放心。我坚持让医生用电脑帮我查，一看果然是确诊。

我自己一个确诊病人，那几天，就拖着这样一个身体，可以说是身分三处照顾家里人。幸好老天最后的怜悯，我一点症状都没有，不然这个家就彻底垮了。

拿到确诊的报告，我又电话了社区，问他们怎么办，当时他们只说了会上报。2月3日下午，我接到社区的电话，让我们去红会医院等，说是像我们这种确诊的轻症病人会安排去方舱医院。我便开车把他俩送了过去，然后又回到协和医院照顾我妈。当晚，我爸是在空床上，而我儿子就在板凳上坐了一晚。

当时，虽然不知道方舱医院是怎么回事，但总算让我有了喘息，至少儿子和爸爸不用太担心，我可以一心一意照顾我妈。她情况真的不好，不能吃，不能喝，只能靠输液维持。这种病现在也没什么特效药，只能靠自身的免疫力，我已经花了几万元帮她输了各种蛋白。

2月4日，儿子和父亲被接去了指定的宾馆继续等待。但当天，我妈的病情急转直下，整个脸都肿了，血氧量也从之前靠吸氧可以达到90以上，变成了60多。医生怎么做都不见好转，看着我妈全身插满了管子，我纠结犹豫了好久，最后只能忍痛和医生说："算了，不想再看着我妈妈痛苦。"随后，4个人把我妈抬上了床，我妈那时已经小便失禁，轮椅上全湿了。

我给儿子打了个视频电话，让他和外婆见上最后一面。我儿子和我妈的感情很好，当时他喊着："外婆你振作点，你要好起来。"而我爸始终不愿面对。我儿子告诉我，外公就一直在床上躺着，不愿说话，也不理他。我知道，我爸当时是崩溃的。

2月5日凌晨，妈妈最终没能熬过去，全身都是肿的。我看着她咽下了最后一口气，瞳孔慢慢放大，眼泪已经不知道流了多少。妈妈怪过我，说为什么这些天都见不到我人。我真的没办法，除了几头跑，每次医生开个什么药，因为是全报销的，都要去登记再去指定的地方拿，离得很远。

像这种病人的遗体也是要特殊处理的，医院给了我电话，让我自己联系殡仪馆。然后他们很快就来了，用了几层黄色、白色的袋

方舱医院的住院条件。

子把妈妈带走了，告诉我 15 天后去拿骨灰。

处理完妈妈的后事，来不及伤心太久，我也去了红会医院等，但因为第一批的时候我不在，所以只能等。2 月 5 日晚上，我儿子和我爸先被送进了位于武汉国际会展中心的江汉方舱医院。

我就在医院的椅子上躺了一晚，听说是第二天一早会安排我们。

2 月 6 日，和儿子微信沟通得知，他和我爸是挨着的两张床，那里给他们发了洗漱用品，有供电，也有电热毯，并不是网上传的没电很冷。

他所在的病房一共有 50 人，但只有四个医生和两个护士，感觉有点忙不过来。

6 日，大约是早上 10 点才发了早餐，很简单。然后晚上发了药，我儿子也拍给我看了，都是一些中成药，我估计疗效不大。我就让儿子一定要好好吃东西，照顾好外公，也让他吃东西，这样才有力气与疾病斗争。

而我自己在红会医院只有等，现场情况也非常乱。一方面社区不断送人过来，有的根本还没确诊，只是来检查的，但他们不知道也混在里面；另一方面，完全没有车子送我们去的意思，就看到大厅里人越来越多，大家逐渐失去了耐心。

我也看到有些人被从方舱送了回来，因为那里只收轻症患者，这些人的血氧量低了，应该是送火神山医院、雷神山医院的。就这样，我又在红会医院的椅子上坐了一晚，还好医院是提供盒饭的。

2月7日下午，因为迟迟看不到安排，很多人像我一样在这里已经待了两晚了，体力都快透支了。有人开始"闹"，警察都来了。我也是非常迫切地想要看到父亲和儿子。

最终总算安排了车子，把我们这批人送去了方舱医院。到了之后，有医生过来询问了我们的情况，发了热乎乎的晚餐，有荤有素。但我们到得比较晚，就没有给我们发药。我儿子说今天发了一些说是对这个病很有效的中药。

这里是可以走动的，男女病区也可以偶尔串门。但因为我情况比较特殊，工作人员就让我随时可以过去照顾他们。总算见到爸爸和儿子了，我也放心了。他俩总体精神都不错。

我觉得方舱医院整体条件还是可以的，就是除了住的地方干净之外，厕所、洗漱的地方真的太脏。不过，今天（2月8日）上午，经过很多患者的抗议，工作人员已经把厕所打扫了一下，现在还是蛮干净的。

我早上起来有些头晕，不知道是不是因为吃了药的关系，胃的反应有些大。不过昨晚，医生查房的时候告诉我，我的病情是在好转的，相信很快可以出院了。父亲和儿子今天的状态也都不错，父亲还提出要喝皮蛋瘦肉粥，我给他点了个外卖。

我觉得，我们是来这里治病的，这种临时搭建起来的地方，基本生活条件能够满足就可以了。特殊时期，大家需要互相谅解。这些天，我打过市长热线，也求助过社区，尽管都有难处，但最后都给了我很多帮助，包括我所在的单位。其间，大家因为各种各样的原因，有情绪在所难免，但现在回过头去想，一定还是要相信政府，相信一切很快可以好起来。

发表时间：2020 年 2 月 8 日

6口之家3人感染新冠肺炎，熬过这个艰难的冬天

◆ 叶子，武汉人。一家6口人，父母和老公被确诊为新冠肺炎患者。本人和两个孩子在集中隔离点隔离。

这段时间，生活乱糟糟的，整天不是担心这个就是害怕那个，三个亲人隔离，我一个人带着两个娃度日，本来可以是悠然的居家时光，却因为疫情让我这个家步履维艰。

采访 | 黄 祺　口述 | 叶 子（化名）

今天是我33岁的生日——20200220，看起来多么好的数字，但我却要疯了。

早上居委会给我电话，要求我带着两个孩子去集中隔离点，原因是我们一家6口人，已经有3人之前被确诊为新冠肺炎患者。现在我的父母和老公都在方舱医院和集中隔离点，我和孩子们是我家的"幸存者"。

我们没有任何症状，而且我妈妈是最后一个离开家的，她离开家已经12天了。我们已经12天没有和病人接触过，我觉得我们没有被传染。

我希望继续在家隔离，我两个孩子一个3

叶子父母去方舱医院时拍摄的方舱医院外景。

岁一个6岁，平常抵抗力就不好，我害怕到集中隔离点，反而被别人传染了。我跟居委会反映了我家里的情况，但他们说根据现在的规定，我们必须去。

昨天我设想着，今天在家自己动手给自己做个蛋糕，和两个女儿度过这个特殊的生日，跟爸爸妈妈和老公视频问候一下。我连生日愿望都想好了："希望我的家人都健康平安！！"

现在，我在清理东西、打包……

社区算是照顾我们，联系了一辆轿车送我们一大两小去隔离点，不然就要坐大巴。

老公发烧、妈妈咳嗽、爸爸发烧

我家第一个发烧的是我老公。

除夕之前两天，我老公单位放假，假期里我们几乎所有的时间都在一起，所以至今都不知道他是怎么被传染的。

除夕，我们小家庭在家里吃了年饭，晚上孩子们还看了春节晚会。直到那时，我们都觉得病毒离我们还遥远，毕竟我们住在和汉口隔了条江的武昌。

1月26日上午，老公突然发烧了，没有其他症状，就是头晕乏力，烧得也不高，不到38℃，当时我还是挺担心的，让他戴着口罩，吃家里常备的中药，治疗感冒和调理脾胃抗病毒的。第二天老公烧退了。1月29日晚上，老公又开始发烧37.7℃，他说可能是洗完澡穿少了有点冷。当晚我们就让他独自隔离，把卧室让给他一个人睡，大女儿在书房睡小床，我和小女儿以及爸妈挤在次卧的高低床。1月30日老公最高烧到38.3℃。从1月29日到2月2日老公一直反复低烧，没有咳嗽，状态基本正常，精神不错，饭也正常吃了，就说吃东西尝不到味道。

那时候武汉的规定是让大家居家隔离，因为老公症状不重，而且当时已经知道，去医院也很危险，所以我们就决定继续在家隔离。

第二个有症状的可能是我妈妈。

1月27日初三我妈妈去了趟超市，买了瓜子回来，吃的时候有点呛到，从那天开始我妈妈就偶尔有点咳嗽，因为以前也有发过支气管炎，当时她也以为是支气管炎，吃了气管炎的药。

后来几天我妈精神没平时好，不知道是不是担心，她基本上一个人待在她房间不怎么出来，我爸爸戴着口罩做饭，我们全家都戴着口罩。我直到现在依然每天戴着口罩，连睡觉都没脱。现在回想起来，我妈妈不舒服那几天，我也有头闷乏力的状态，我爸爸也是说闷，以为是每天戴着口罩宅在家的缘故。

那几天晚上我睡觉的时候有明显感觉到胸部的刺痛，而且畏寒，睡觉要盖多一点才舒服，但是半夜会突然因为头上的虚汗而醒过来，现在想想，可能是病毒已经开始要复制了，然后我就开始给自己灌中药，大概3天之后，胸部刺痛和虚汗消失了。

幸好我一直连睡觉都戴着口罩，才没有让一直跟我睡的小女儿有事。

到了2月2日，老公每天下午低烧37.3℃的样子，我爸爸也突然发烧了，一下就38.5℃。我爸爸曾因为高烧不退住院一个多月，没查出病因，所以每次我爸爸发烧我们就特别担心。

2月2日那天晚上，老公和我爸爸妈妈一起去了武汉科技大学天佑医院，希望能做核酸检测确诊一下。他们直到半夜两点多才从医院回来，医院没有试剂盒，没有做成核酸检测。我爸爸和我老公都查了血、拍了 CT。老公双肺感染，但是血项报告不算太严重；我爸爸右下肺感染。按照诊断标准，他们都是新冠肺炎，但当时必须要核酸检测阳性才算，爸爸和老公只能算疑似病人。

我们想住院，或者去隔离点。我连夜拨打社区、街道和洪山区公布的各种电话号码，他们的回复是：确诊了才能集中隔离，疑似病人居家隔离。

可是我家有两个小孩，小孩子很难做到关在房间里不出门啊。而且我父母住在同一间，也不能有独自的房间隔离。我当时真的很崩溃。

妈妈到医院也要求医生做 CT 检查，但医生说只是咳嗽没事，妈妈当天没有做任何检查就回来了。

在我不断的求助下，2 月 3 日，社区终于帮我们联系了隔离点，可以让我爸爸先去隔离点，然后在那里做核酸测试。3 日夜晚，我爸爸被送到了位于白沙三路的洪山区委党校隔离点，这是当时洪山区唯一的隔离点，社区说还是加急了才送去的。去之前，社区反复向我们确认，说保证病情不是很重，不能是那种很危险的病人，因为隔离点没有医生，他们很害怕去了重病人，没办法处理。

2 月 4 日，我爸爸做了第一次核酸测试，当天他不发烧了，我老公吃了医院的药也没有再发烧。

差点被隔离点拒收的妈妈

我妈妈心理安慰了一些，状态也好了一点，但还是咳嗽，有时候会喘不过气来。我妈妈本身有心脏病，做过心脏消融手术，又有轻微房颤，所以那几天我们关注的焦点变成了我妈妈。

我家的体温计被爸爸带到隔离点去了，2 月 7 日下午我收拾东西的时候发现了一个体温计，就让我妈妈量一量体温。她自己没感觉，但一量是 37.8℃。

我们都觉得不妙，我妈妈很少感冒发烧，这次突然发烧让我们意识到，可能我妈妈也被感染了。

家里就剩下我，要坚持住照顾两个年幼的孩子。我妈妈说她最好也去隔离，对我和孩子都好，毕竟这个病毒传染力太强。

于是，我又开始了向社区、街道甚至《人民日报》求助。街道的干部跟我说，我妈妈连一份血检和 CT 报告都没有，隔离点实在很难安排，至少要是疑似患者才能送去隔离，但是社区又没有办法帮我送妈妈去医院做检查。

那几天我每天要做四个人的饭，做各种清洁消毒工作，还要想办法哄着两个女儿尽量留在房间不要到客厅去，晚上又担心我妈妈一个人在房间有没有呼吸困难睡不好，我感觉甚是疲惫。

2 月 8 日，我妈妈去医院拍了 CT，结果显示双肺感染。

社区算是照顾我们，让我妈妈去了爸爸那个隔离点。住进去之前，我妈妈问隔离点工作人员："如果有呼吸困难找谁求助？"这一问，把工作人员吓得，差点不收她。因为他们没有医护人员，不能保证安全。当时已经很晚了，送我妈妈的车把她放下就走了，我妈妈拖着疲惫的身躯，向社区求助，夜里 2 点多才最终被收了进去。

社区考虑，叶子家的特殊情况，将从学校宿舍隔离点换到宾馆隔离。

2月9日，我妈妈说隔离点发了中药，他们晚上开始喝中药了。我爸爸做了两次核酸，第一次阴，第二次阳性。我妈妈的咳嗽越来越重了。

第二天下午，我爸爸又开始发烧。本来已经有四五天没有发烧，而且他这次一烧就是38℃，我妈妈也每天到下午发烧到38℃左右，再加上咳嗽厉害，在隔离点没有医护人员询问，她的精神越来越差，担心自己又担心我爸爸，她已经处于崩溃的边缘。

爸妈进了方舱医院

2月11日，我爸妈依然发烧。我妈妈迫切地想要住进医院，仿佛只有看到医生她才有救。我跟社区、街道联系，他们都说要根据核酸结果才能有下一步安排，而公布的洪山区的电话又根本联系不上。那天晚上，我在网上发布了求助的信息，有志愿者加我问了我爸妈的情况，他说帮我报上去可能有安排床位的希望，我半夜还在跟志愿者们说明情况，但也许是因为我爸妈没有高血压和冠心病这样严重的基础疾病，也没有到呼吸困难缺氧，所以即使报上去也只是排在比较后面。

当时我除了要照顾孩子们，做好日常消毒之外，我的压力也非常大，生怕我爸妈出现什么不测，我又无法帮上忙。

2月12日，我爸妈的核酸测试都是阳性，这也许是好事。当天的政策已经变成"应收尽收"，确诊患者都要得到相应救治。

当天，隔离点通知我爸妈会被转走，但是没有人知道去哪里。一开始我妈妈听说去方舱医院没有人管，没有药，条件还很差，所以很抗拒去方舱医院。经过我们的劝说，我妈妈终于平复心情，接受了可能会去方舱医院的事实。

晚上9点，身处洪山区的我的爸妈被送到了位于汉阳的武汉体育中心方舱医院。2月13日，我爸爸妈妈仍然是到下午晚上开始发烧，半夜虚汗不停慢慢退烧。我爸爸烧得比较高，几次都要吃退烧药降温，方舱的医生说他的药已经吃了近 10 天了，副作用太多，让他不要再吃，叫我妈妈最好也不要吃药了。

但我爸爸还在发烧，我和妈妈都很不放心。

2 月 14 日，也在这一天，我妈妈没有发烧了，胃口也好多了，但是咳嗽还是厉害，而且咳狠了还是会喘。我觉得是方舱医院的环境让她心态有所转好，毕竟那里那么多跟她一样的患者，大家可以相互交流，时间过得也快一些，比起一个人在隔离点胡思乱想到崩溃，方舱医院的环境确实更适合患者的调养。

2 月 15 日，武汉下起了大雪，2020 年的第一场雪，来得确实晚了一点。这一天，我爸妈都没有再发烧了，爸爸状态平稳，妈妈还是咳嗽厉害，但是心态已经好多了。

这个艰难自救的冬天

我老公从 2 月 12 日去了一个酒店隔离点，在隔离点做的第一次核酸测试是阴性，距离他回来的日子近了一点儿，我整个人都感觉轻松了一些，一直揪着的心也稍稍放下了一些。

这段时间，生活乱糟糟的，整天不是担心这个就是害怕那个，三个亲人隔离，我一个人带着两个娃度日，本来可以是悠然的居家时光，却因为疫情让我这个家步履维艰。

2 月 17 日，小区被彻底封锁，不让出去，买菜成为了新的问题，大家只能在群里到处拼团，或者等着六七天才来一次的爱心卖菜队伍进入小区，然后排着长长的队伍买菜。非常感谢几位邻居朋友的青菜援助，让我和孩子们原本天天吃大白菜的日子能够换上口味。

2 月 19 日，我妈妈已经 5 天不发烧了，但是咳嗽还是厉害；我爸爸也有 4 天不发烧了，其他症状也都还好。

我老公两次核酸检测都是阴性，基本上没有任何不适的症状，但是隔离点没有能让他回来的意思。

　　我妈妈很不安，担心他们把我也弄去隔离，那两个孩子就无人照料。社区跟我联系过多次，说上级的要求是我也应该去隔离点，但是我一次又一次跟她们强调我的实际情况，我没有任何不适，两个孩子也都好，并且需要得到照顾，所以她们也没有强制要求我去。

　　今天，我们一大两小还是去隔离点了。令人欣慰的是，街道的人看我情况困难，申请把我们3个转移到一家酒店隔离了。

发表时间：2020 年 2 月 20 日

武汉来沪老爸说：

谁来要人，你就把我交出去！

一些地方民间对"武汉人"的恐惧和谩骂不忍卒读，恐惧是远比病毒更凶猛的"疾病"。

采访｜金　姬　口述｜黄　政

我是武汉人，毕业来上海已经十多年，在上海落户安家也已七年。因为我和妻子工作较忙，2019年夏季开始我父母便从武汉来沪帮忙带小孩。

今年1月，父母带着小孩在武汉待了8天

母亲原为公职人员，四年前已退休，但退休干部党团活动仍不落下，今年1月初原单位通知组织学习会议，父母决定暂时返汉一周参加学习顺便处理些杂务。此时虽然武汉传来肺炎的消息，但新闻很快辟谣，作为多年党员，父母自然也没特别在意。我虽有顾虑，但多年在武汉生活，对于武汉的科研及医疗水平有相当信心，劝阻无果后只能叮嘱注意防护。

居家隔离期间打发时间的拼图，成为全家人的乐趣之一。

父母带着小孩于1月13日抵武汉，办完事后便准备返沪。1月20日新闻爆出后，情势急转，21日下午父母和小孩回到上海。

返家后，父母表示大家目前身体都无异样，且全程戴口罩，但仍打算自我隔离一周，以防万一。我们家虽无二套房，但至少还有独立房间可供单独生活。我根据校友群转发的隔离指南叮嘱父母不要出门，网购备下日常用品，我和妻子则准备早出晚归，避免接触，度过了假期前最后2个工作日。

1月23日早上，看到武汉"封城"的消息，气氛骤然紧张，新闻爆出的信息十分严峻，除向父母叮嘱隔离事宜外，我和妻子也开始思考后续的问题。

首要问题是物资储备，临近春节，物流本来就不畅，之前定的防护用品都还在路上，清点家里消毒液、口罩、一次性手套尚有一些，可短时间支撑，重点是食物储备。我和妻子迅速分工，在盒马、京东、饿了么上订购各种物品，米、面、油、青菜、肉、蛋、冷冻食品、罐头，还有岳父母家的份额，经过一早上的奋战，看着"商家备货"的字样稍微安心一点。到了晚上，冰箱和储物架满满当当，父母和女儿体温正常，精神都不错，我们稍微宽心下来。

我们打定主意，自我隔离到假期结束，过一个虽然宅在家，但仍能安定祥和的春节。

全家居家隔离

除夕，原本的团圆饭变成分开简餐，年味全无，朋友圈的拜年气氛也不如往年，大部分时间我都在微信和在汉的同学问候，好在大家都平安无事，说笑间就等晚上抢红包了。

突然，业主群发了图片，楼下张贴居委会告示，要求湖北返沪人员立即报告。

是否要报告？报告后是否会全家被集中隔离？我开始犹豫。

在与妻子讨论后，我决定还是报备以寻求居委帮助，父母对此也表示赞同。我迅速在微信上联系居委会副书记许老师告知情况，她迅速回了电话给我，登记具体信息后，对我们家主动支持居委会工作表示感谢，并告知居家隔离的政策。

略微心安后，我准备看电影娱乐一下，突然发现业主微信群炸锅了。

业主群有人说小区有武汉返沪人员，有业主迅速崛起，历数物业各种黑历史，开始抱怨；居委会干部开始安抚业主，说已经在登记武汉返沪人员，目前都在居家隔离，结果业主群担忧更甚，纷纷要求公布房号，甚至提出让武汉返沪家庭离开小区到外面隔离。

业主们的担忧我很理解，在这场凶险疫情面前，大家面对未知风险都很恐慌，只是想保护好自己和家人。我给许老师打了电话，又加了居委会书记的微信，请她们保护好我们的信息，也再次重申我们会自觉隔离。

电话打完，校友群又传来各地封堵武汉返当地人员的信息，莫名的恐惧在心头浮现。

我跟父母说了业主群的反应，再次叮嘱下隔离事宜，不料这一信息彻底触发了老人多日来压抑的情绪，紧张、焦虑、委屈和愤怒决堤而来。父亲说：不管谁来要人，你就把我交出去吧！我马上安抚他：没有谁会来要人，也没有人会让你出去！上海的政策就是有住房的居家隔离。现在出去是不行的，安心在家是唯一合法做法。

跨年夜，我在脑海中反复念叨《沙丘》中保罗·阿崔迪的台词"恐惧是心灵的杀手"，夜不能寐。

初一早上，父母心情稍微平复一些，我和妻子继续在盒马上抢购食物，盒马的供应开始紧张，除送货时间延迟，缺货退款也是常有状态。中午社区医院派了医生来家里，测量体温，交待每天两次测体温，并拿了三份居家隔离承诺书，告知隔离方法和联系方式，反复叮嘱后也安慰我们，报备以后只有好处没有坏处，任何问题居委和社区都会帮助。

医生临走时还表扬了我们家的隔离措施，比如将武汉家人隔离在单独房间，分开用餐，开窗通风配合空净，比走访的其他家庭更科学。"到底是年轻人意识强。"

由于家人都身体健康，我们稍微安下心。晚上居委会许老师电话过来询问情况，居委会干事们连续奋战也没休息，她对我们家主动报备表示感谢，她们还需继续逐户排查，工作量巨大。

居家隔离期间动手包的饺子，厨艺见长。

初二初三，焦虑依旧，除了在工作群里面干活，我好像没有做任何娱乐活动，看书看不进去，看电影没心情，健身又顾虑会不会太累影响抵抗力，微信群里尽是焦虑，我只能多吃几片薯片来缓解心情。

每天两次医生来家测量体温，每次检测如临大考。家里气氛紧张，一声咳嗽能让我心跳起来，虽然大部分只是女儿喝水呛到。

初四，我和妻子意识到不能再这样下去。早上起来在盒马上抢菜以后，开始打扫卫生，84消毒液的味道让人有种奇特的安心感。随着时间推移，危险将会远去，快递和物资在接近我们，大家信心越来越足，心情逐渐转好。

突然，业主群又炸锅了，外地某个快递员确诊的消息激起封小区的声音，虽然群里年轻人在反对，但是最终业委会决定将外卖和快递堵在门外，要求业主自己去大门口取。

原本快递将货送到家门口，我过会儿再拿进来，彼此没有接触。但快递进不了小区，我又不能出去拿，没有了补给怎么办？焦虑再次袭来。

友善的邻居家贡献了一袋土豆和青菜放在我们门口，但总是麻烦邻居也不是长策。好在，很快居委会干部协调物业帮我们家专门递送，保安师傅承担了最后几十米的寄送。随后的几天，年前订的快递陆续到达，保安师傅每天不厌其烦跑几趟送货，让我们很感动，也有些不好意思，于是控制两天订一次货。

接近初十，父母越发坦然，父亲每天在家骑动感单车、俯卧撑，母亲则要打一套太极拳。但我仿佛要接近考试，心情越发紧张起来。一半因为自家状况，另一半则是为家乡的情况，碎片般的信息展示武汉的满目疮痍，各地民间对"武汉人"的恐惧和谩骂不忍卒读，恐惧是远比病毒更凶猛的"疾病"。

解除隔离，继续闭关

初十，14天度日如年，终于到了，医院送来解除隔离通知书，我们迅速向居委会、幼儿园发去照片，居委会干部和幼儿园老师的心情和我们一样愉悦。

然而自我隔离并没结束，病毒肆虐，我们也不敢出门，我要求家里人仍在家里闭关，除了不再麻烦保安师傅拿快递、倒垃圾，其他什么都不变。

曾经，在看过《生化危机》、10 Cloverfield lane 之类的电影以后，我也曾想象过危机下在家里做个天天吃泡面、打游戏的避难宅，似乎也不赖，但是现实来临得如此仓促，半个多月的时间没有一丝轻松。疫情何时结束，接下来的经济、就业、收入的问题，从国家到许多的家庭再到我们自身，面临的压力都会是一座山。隔离期间，感谢家人特别是妻子的理解与扶持，感谢居委会、社区医院、保安师傅的帮助。

　　如今，京沪校友群陆续传来自己或家人解除隔离的信息，然而形势依然严峻，但我相信，疫情终会被战胜。●

发表时间：2020 年 2 月 11 日

◆ 塔瑞克，上海师范大学本科二年级的留学生，来自也门。

现在我的妈妈再和我视频，我会告诉她，事实证明她看到的电视新闻是假的。儿子在上海很安全就是最好的证明。尽管她还是每天看电视新闻，但真的不哭了。

采访 | 姜浩峰　口述 | 塔瑞克

我是塔瑞克（Tariq），上海师范大学本科二年级的留学生，来自也门。今年放寒假，我没有回国，而是选择留在上海。在新冠肺炎疫情起来的时候，远在也门的我的父母，我的姐姐、弟弟妹妹们都为我担忧。其中，最为我担忧的就是我的妈妈。

1月下旬的时候，我的妈妈每天看电视。我们也门能看到一些西方电视频道。我妈妈看了那些电视上对中国疫情的报道，非常害怕。在视频连线中，她总是在哭，要我抓紧回国。我知道她担心什么。我告诉妈妈，这些电视上的东西都是假的！我待在上海很安全。中国湖北省的武汉确实有疫情，我们上海也看得到报道，并且每天都看得到武汉、全中国和世界各地新冠肺炎确诊、疑似人数的变化。我告诉家人，

战疫口述实录——50位亲历者说

远在也门的妈妈现在不哭了，

我在上海的寒假过得挺好

也门留学生塔瑞克。

武汉的病例多，我自己在上海则很安全。我在暑假期间刚回过也门，这次寒假就不回国了。

妈妈一开始确实非常担心我的健康。可通过视频，她看到我身体健康，情绪稳定，逐渐化解了这种担心。我们上海师范大学，在1月下旬也开始做一些封闭校门的措施。一开始，我确实觉得不习惯，感觉不是很好。可逐渐地，我发现学校真是为我们学生好。比如宿管阿姨天天来为我们量体温；老师在线答疑，但不派我们做任何要出校完成的事。

作为一个来自阿拉伯国家的留学生，我能吃到学校清真食堂的饭菜，校园里的超市也开着，学校甚至提前发放了2月的奖学金。我把这些情况都和家里说了，他们听说之后，也就放心了。爸爸还特地写了一封感谢信给上海师大。当我把这封阿拉伯语的感谢信翻译成英语给到学校国际交流处留学生办公室时，老师们很惊讶——这时候竟然收到这么一封家长来信。

我爸爸在信中写道："自从我得知新型冠状病毒在中国传播后，我们一家都非常焦虑。我劝儿子早日回国。但令我感到惊讶的是，他说他很安全，没必要因为这个事情回国。学校并没有让他失望，所有留校的学生得到了学校的极大关注，还求我不用再担心他的安全。我对此感到非常放心，也让我对中国这个伟大的国家感到非常感激。"

其实，我之所以能到中国留学，是受了爸爸很大的影响。我读高中的时候，我们也门正值战乱。当时在我们国家，如果一个高中生成绩优秀，很大概率会想方设法出国去读大学。当时，我和同学商量，大家都想去荷兰留学。我把想法告诉了爸爸，但他给我的建议是去中国。我的爸爸是一名历史老师，他的看法很有见地。在

塔瑞克父亲写给上海师大的信。

当时的我心目中，他是个什么都知道的人。他告诉我，中国现在跑得很快。中国这么一个大国、古国，跑得这么快，未来一定有很多机会。爸爸告诉我："塔瑞克，你有很多梦想。对你来说，最适合圆梦的地方就是中国！"

当时在也门，我对中国也是有不少印象的，比如中国人帮我们造了很多桥梁，我们当地最大的一个医院也是中国人造的。于是，我接受了爸爸的建议。

就这样，我真的来到了中国。一来到上海，我就喜欢上了这座城市。我先在同济大学学中文课程，那时候就认识了一位中国朋友。后来，我还去这个朋友家玩，他们家人都把我当自己人，我觉得特别开心。经过8个月的中文学习以后，我来到了在也门填报志愿的上海师范大学。我就读的专业是信息与机电工程。

今年寒假，我在上海的也门同学们，有不少人回国了。这是他

们本身计划好的。我之所以没有回国，本身是因为去年寒假期间，曾经为一些也门公司做过翻译工作等。本想这个寒假再接受一些历练。现在疫情来了，我只能待在宿舍里。不过，学校的安排特别周密，我的感觉还不错。举个例子，在疫情防控措施实施以后，我们学校老师给我们留学生分别建了几个微信群——会阿拉伯语的一个群，会俄语的一个群……大家在群里聊天，原本来自不同国家、不认识的同学，现在认识了，还在群里聊得很嗨。

在中国，我也认识了几个在武汉生活的也门朋友，他们有的也是留学生，我也时常和他们视频连线。我发现，他们的学校也给他们安排得很好，包括吃饭、学习等方面的问题，学校都考虑得很周详。虽然那边疫情暂时有点严重，但只要个人不随便出门，就能够安全。

现在我的妈妈再和我视频，我会告诉她，事实证明她看到的电视新闻是假的。儿子在上海很安全就是最好的证明。尽管她还是每天看电视新闻，但真的不哭了。

我家兄弟姐妹有八个人，我的姐姐比我大一岁，我在家排行老二，我最小的弟弟才五岁。我现在中国挺好的，我的家人，包括我的弟兄姐妹也都放心了。

我觉得自己在中国越来越适应。短短一年多的学习、生活，也让我感觉到中国的快速发展。我相信疫情是暂时的。

我有一个梦想，未来自己能开一个贸易公司，做中国和阿拉伯国家的进出口贸易。我相信我的中国梦一定能实现……

发表时间：2020 年 2 月 16 日

◆ 李安定，小微企业主。
疫情当前，小微企业日子难过。政府相关减负政策出台，多撑一阵子。

疫情之下，我的小公司或只能撑三个月

我想说，我们再困难也会响应政府号召，去打赢这场新冠肺炎病毒阻击战！

采访 | 金 姬 口述 | 李安定

我是"70后"上海人，生于斯长于斯。大学毕业之后的十几年间，我主要从事机电设计顾问方面的工作，在美资、港资和内地几家大企业都做过。

8年前，我开始创业，在上海开了一家建筑设计公司，主要给楼宇建筑做机电设计等工作。2019年9月，随着公司业务的不断扩展，我们搬到了徐家汇，目前有员工20人，算是一家小微企业吧。

两次危机化险为夷

都说创业不易，公司成立8年来，我已经平稳度过两次大风浪。

第一次是2016年。2016年初"化解房地产库存，促进房地产业持续发展"被中央确定为

公司办公场景。

"三去一降一补"的重点任务之一，房价一下子涨起来。于是，7月、11月的两次中央政治局会议均提出"抑制资产泡沫"，下半年政府倡导"房子是用来住的，不是用来炒的"，楼市又冷了下去。而我们当时的客户主要是地产商，所以服务的很多地产公司都停了项目。

对于我而言，当时每个月都是举步维艰，项目奖金基本没法发。这个过程大概有半年，直到我们后来把客户对象转向酒店旅游业，公司才渡过难关。

说实话，自从转战酒店业后，我们公司的业绩就开始蒸蒸日上了。忙的时候，项目都来不及做，人员也增加了三分之一。

公司的第二次危机是在2019年中美贸易摩擦期间，我们的项目并没有之前那么好。但我们抓住了"一带一路"建设的商机，在西部一些城市找到了酒店项目，总体还是趋于稳定并偏上，直至现在新冠肺炎疫情暴发。

春节欧洲游，差点回不了国

忙了一整年，我很早就预定了今年春节陪老婆孩子跟团去西班牙、葡萄牙旅游。我们是1月21日从上海出发，当时钟南山院士刚刚提出此次新冠肺炎会人传人。我们也没觉得有多可怕，到了国外就发现问题愈来愈严重，武汉"封城"了，国内口罩都断货了。所以大家每天玩起来也不是很尽兴，朋友圈都在讲武汉和新冠肺炎疫情的事，我和同事也都微信聊这个。

一开始到葡萄牙的时候，大家也都没戴口罩游玩。后来到了一个景点，听说旁边有湖北过来的旅行团，我们就很紧张，全都戴上了口罩。

雪上加霜的是，我这次在国外旅游差点回不来。旅行团原先买好德国汉莎航空2月2日的回程机票，可是随着国内新冠肺炎疫情越来越严重，汉莎航空从1月29日宣布停飞全部中国内地航线。大家手忙脚乱只能改搭阿联酋航班回来。当时庆幸，幸好自己跟团游，如果自助游，估计回国机票都抢不到。

我们在西班牙机场还自告奋勇帮浙江一个民间团体带一些口罩和防护服回国。我们每人有30公斤的行李托运限额，除了自己行李，剩下的行李重量指标尽量留给托运的防疫物资用，也算为国内抗击新冠肺炎疫情尽点绵薄之力。

公司最艰难的时刻

最让我担心的是，我们公司很多项目很难年后正常开工，因为一些城市"封城"，务工人员都回不去了。我回来后让项目经理一个一个电话问过了，我们参与设计的所有在建项目都不知何时复工。

其实不是我们一家，同行对此次新冠肺炎疫情造成的影响都很着急。做我们这一行的主要集中在北京、上海和深圳三地，上海大概有同行大大小小几十家吧。大家一致认为上半年新的项目不会开工，旧的项目何时复工也说不准，应收账款也难以收回。

像我们这样的小公司，最大的开销是人力成本，行业内工作的都是资深专业人士，人工并不便宜。房租大概只占到支出的10%，所以即便在政府减免租金的政策帮助下，纾困效果也有限。

根据《中欧商业评论》刊发的清华、北大联合调研995家中小

2019年，公司获得洲际酒店集团智选假日酒店最佳机电顾问奖项。

企业的报告，受此次新冠肺炎疫情影响，85.01%的中小企业维持不了3个月生存。我让公司财务算过，按照目前的流动资金，最多也只能撑3个月。如果3个月后情况没有改善，我不得不降薪或裁员。

和前两次风浪相比，我觉得目前是公司最艰难的时刻。按照上海市政府规定，我们企业下周一（2月10日）复工，但像我这样的还要在家继续隔离，还有一些外地员工没回来。虽然项目都没恢复，人员都没到齐，但我五险一金还是要缴纳的。其实，企业在每个员工身上花的钱是员工工资的1.5—1.7倍，多出来的钱，绝大部分缴纳了社保、公积金、场地费。

2月8日，《上海市全力防控疫情支持服务企业平稳健康发展的若干政策措施》出台，其中主要租金方面的政策对我们这样的小微企业有实实在在的帮助。至于其他内容，需要复工后让同事去具体核实一下。

最后我想说，我们再困难也会响应政府号召，去打赢这场新冠肺炎病毒阻击战。

发表时间：2020年2月8日

温州怎么样？防控不断升级

◆ 严欣，温州人。

在外经商，年前从上海返回家乡永嘉。

平时生活节奏太快，就像开车开到120码，突然停下，大家都不适应。

采访 | 王仲昀　口述 | 严　欣

很多温州人在外经商，每到春节就要回老家过年，我们一家是年前从上海回来的。

全国人民都在新闻中看到，约18万温州人在武汉，其中有4.8万人从武汉回来。目前我们温州新冠肺炎疫情的形势比较紧张，生活方式也完全被改变了。

我老家在温州市永嘉县下面的一个乡镇，叫桥头镇，距离温州市区大概30公里，开车一会就到了。过年前我母亲生病了，在温州市区住院，之前我要经常从村里开车去温州市区。老人家年纪大了，我们姐妹几人就轮流去看望和照顾她。

一开始我们给母亲请了保姆，有时候我们和保姆都会在医院照顾她。但是随着疫情越来越严峻，温州的防控不断升级。到后来，医院通知说，一个床位只能一人陪护了，所以要么我们在，要么保姆在。

疫情期间，温州乡间道路被封。

　　温州市区从 2 月 1 日开始，规定每家每两天可指派 1 名家庭成员出门采购。从那时候开始，住在市里面的妹妹就每两天出门买东西，顺带去医院看望一下母亲。

　　这次新冠肺炎疫情暴发后，温州的县级市乐清情况最严重。乐清距离我们永嘉大概 70 公里。永嘉这里还好，至少我所在的镇上，目前为止只有一人被确诊。我了解到的情况是，这人过年前从武汉回来，不过他回来比较早，当时还不像现在这么严峻。那个人现在已经痊愈，所幸他家人现在也都过了 14 天隔离期，没有被感染。

　　虽然不像乐清那么严重，但是永嘉的防控也在不断加强，这一点我深有体会。

　　一开始进出我们镇的交通是畅通的，后来开始"半封闭"——你如果想出去，可以去镇政府开一个通行证，只要你有正当的理由。比如你要回工作的地方上班，那么你让单位给你开一个证明，一般都会给你通行证。像我，因为母亲住院，我隔几天要去温州市区探望她，我也有这个通行证。

　　没过多久，交通就完全封闭了。2月5日下午3点，我们这里除了医护人员、警察还有政府的人员，其他人一律进不来也出不去。我外甥本来要回广东上班的，现在连镇都出不去了。我也没法去医院看我母亲，就只好指望温州市里的妹妹。虽然"封镇"了，但是我们生活还是有保障的。现在附近的一些大型菜市场和超市还开着。

　　这几天我跟家人朋友们说，叫大家没什么特殊情况就别到处跑了。管好自己，也就不给别人添麻烦。我去医院看望母亲路上来回的时候，好几次看到镇路口那些年轻的交警和其他工作人员，他们连吃饭的地方都没，就坐在路边吃快餐。

　　我想说，大家就别给他们带去不方便了，换位思考，这些小伙子如果是自家孩子，我们不会心疼吗？

　　过年那几天我就跟家人说，大家别互相串门了，我们就微信上发个红包，拜个年。不是我怕死，这真的是为了减少自己和他人的麻烦。

　　前几天，除了担心我母亲，我也在为女儿开学而发愁。她在上海读书，本来正常开学是2月17日，我得早点带她回去，这样14

交警坐在路边吃饭。

天隔离结束了她能赶上开学。不过看到上海那边通知说不会在 3 月之前开学，我也放心了，暂时就在老家继续待着。

女儿班级的家长群里，老师和其他家长也关心我们，因为知道我们回温州老家过年，这边疫情又比较严重。每个孩子的家长，现在每天都要填写学校发的问卷，就是报告人在哪里，小朋友在家做什么，这些信息都要向老师汇报。我们家长也能看到彼此的问卷，这样大家都放心了。我跟其他家长说了，你们不用担心，我和女儿回上海后，肯定自觉在家隔离 14 天。

这次疫情，对老百姓来说，就像是一次生活的"急刹车"。

平时在城市里，上班啊忙啊加班啊，都成了常态。周末或者节假日能休息几天，特别开心。现在别说加班了，上班也不用去，大家都天天在家待着，突然觉得很不习惯。往年我最晚初五就和家人回上海了，今年一直到现在，还不知道什么时候能离开。

平时生活节奏太快，就像开车开到 120 码，突然停下，大家都不适应，我也期盼疫情能够早日结束，我的老家温州以及全国各地的生活都能恢复正常。

发表时间：2020 年 2 月 8 日

香港女孩：大家都要平平安安，阿中哥哥加油！

◆ 岑雅茵，深圳大学传播学院新闻系的一名大三学生，祖籍广东江门开平，现在是香港居民。1月12日，从香港回到江门。此后至今，一直"滞留"老家开平。

总体而言，香港人对待疫情，后来就没有内地那么紧张了。我妈妈说，她觉得作为一个香港居民，自己最大的感受是彷徨。她抱怨道，在香港，没工开等于没饭吃了；公司起先通知放假到24日，何时复工再议，而现在仍然是等通知的状态。

采访 | 孔冰欣　口述 | 岑雅茵

2月初的时候，香港的"疯狂"程度或甚于内地

于我而言，这场疫情，比较"慢热"。

我是深圳大学传播学院新闻系的一名大三学生，祖籍广东江门开平，现在已成了香港居民。记得2019年12月29日，我从学校返港；2020年1月12日，又从香港回到江门。此后至今，我便一直"滞留"老家开平。

春节前在香港的那段时间，我继续做我的

岑爸爸在观塘的家附近菜市场。

兼职工作。当时，我只从新闻、微博上简单了解到武汉出现了新冠肺炎的消息，且微信朋友圈里也无紧张的氛围体验，因此并不十分在意病毒可能会带来如何严重的影响，反而觉得，相隔有些距离，应该是没大问题的。而在我做兼职的公司里，偶尔听到同事们有讨论，大抵也就说说希望疫情不要继续扩散、不要蔓延到香港，都认为没什么需要特别担心的。那时候的香港，至少从新闻报道上看，还没有新冠肺炎的病例，所以我回开平前，同事们心情尚比较放松，还半开玩笑地提醒我："小心点，别把病毒带回来。"

当疫情逐渐蔓延至广东省时，开平的人们起初依旧不以为意，据我观察，街上戴口罩者仍为少数。我的许多同学则在朋友圈吐槽，他们劝告家里长辈出门要戴口罩，偏偏长辈认为这是小题大做，何必如此忧虑呢？好在，我家人理性，倒是听劝的。

直到江门出现了第一例病例，口罩、消毒液、洗手液等脱销了，开平的人们才"后知后觉"，如临大敌起来。2月初，开平出现了第一例。这个时候，已经很难买到大量的口罩、消毒用品。走在街上，我体会到了一种压抑之感——人来人往，几乎没有不戴口罩的。各大药店网上预约口罩，甚至到了"抢"的地步。开平这第一例，更造成我朋友圈的刷屏，全部都是关于这例病人的各路消息和相关活动路径，态度清一色痛心疾首——开平这一方不易的"净土"，竟也被"污染"了！

与此同时，据我在香港的亲友反映，2月初，香港的"疯狂"程度或甚于内地，为了买口罩，排队的人群足足蜿蜒好几条街……尽管香港官方称物资不缺，但是在大大小小的商场、超市里，别说口罩了，凡是带有"消毒"字眼的商品都买不到，粮食、方便面、纸巾、油盐甚至卫生用品都完全被抢购一空。像我妈妈一大早就起来去买大米，无果，家里惟余存货，众人苦不堪言。

我家在观塘区，据我爸爸说，像观塘这类香港比较老旧的区域，月初市民哄抢的情况较为普遍。他跑到九龙湾的淘大商场去转了转，发现那边就没有哄抢、相对"平静"。而令我奇怪的是，菜市场里、私人店家里的粮油、纸巾等物资，不知何故乏人问津。当然，随着疫情渐渐得到控制，观塘区现在的物资供应已能满足百姓需求，只是口罩依然紧俏。

总体而言，香港人对待疫情，后来就没有内地那么紧张了。街上虽有90%的人都戴着口罩，但照样出门。

不过，影响肯定是有的。我妈妈说，她觉得作为一个香港居民，自己最大的感受是彷徨。她抱怨道，在香港，没工开等于没饭吃了；公司起先通知放假到24日，何时复工再议，而现在仍然是等通知的状态。延缓开工的确能减少人与人的接触，避免传染加剧，可是一些生意差的小公司，已经面临几近倒闭的危机。去年暴徒作乱之时，妈妈所在公司的一些分店生意惨淡，现疫情"雪上加霜"，若生意再无起色，那些分店关门大吉亦不无可能。

我们学校定在3月9日起开网课，预计4月正式入学。但是，学校也有说要做好延长线上教学的准备。我爸妈觉得，开平也许比香港更加安全，因此不急着催我返还。毕竟，香港人流多且杂，你不知道下一秒从你身边走过的是哪里人，危险系数或更大。何况，在香港的家里还没装WiFi，不利于上网课。此外，香港班车客运全市暂停，搭乘高铁亦有点担心，客运交通上也存在诸多不便。

现在我还没有找到对香港的"归属感"

我的外公外婆住在香港，我读初中之前，妈妈获得了香港居民的身份。我一直在开平生活，到 2017 年 2 月，爸爸、我、弟弟三人的移居申请也有了结果，于是就全家搬到香港了。

开平民风淳朴，侨乡风情，令我拥有一种自豪感。目前，爷爷奶奶依旧留在开平，每年春节，我们一家都会回到开平过年。我觉得，内地这边"年味"更足，每至除夕，家人买好花、年桔、春联等，屋内布置一新；而我们在香港的房子，因为空间有限，所以这些东西、这套流程，也就不弄了。

一转眼，移居香港已经三年。在香港生活，除了居住空间小了些，其他方面还蛮不错。然而，我还没有找到对香港的"归属感"。毕竟，我在内地长大，赴港时日短，和当地社会接触不多。据说，疫情未散，"港独"并没消停。

因我人在开平，所以最后想继续接着说说开平的景况。出现首个新冠肺炎患者后不久，全市客运站的港班车客运就完全停运了。2 月 4 日到 9 日，开平市肺炎疫情防控指挥部发布了全市范围内所有餐饮服务行业暂停营业的通知。2 月 8 日开始，从江门地区以外返回开平的本地居民或外来人员，都要在 1 小时内主动向居住地所属居委会或自行上网进行报告登记。11 日开始，各大药店加大了口罩的供应，可是依然需要先在网上预约才能前往线下门店购买。那几天，开平的朋友们在朋友圈疯转口罩的相关信息。

疫情期间，开平的商场也是有营业的。据我了解，开平一些旧城区并没有采取"购买物资限制出入人数"的做法，但有一些区域（如长沙街道办）就规定上班需要通行证，且每户两天仅限一人外出，大大小小的住宅区都规定非该住宅区内的住户、汽车等都禁止入内。

从居民的角度，这样的做法不能说对日常生活全无干扰。以细节为例：首先，每个人购买物资实受限制，如果这时家中能多出一人助力，即可多买一份。其次，工作也是一个问题，没有复工，就意味着没有收入、在家空等，对一些经济条件较为困难的家庭真是不小的打击。

目前，开平唯一的一个新冠肺炎病例现已治愈，一些餐饮服务行业慢慢恢复营业了，但多数还是以外卖为主。按我之前外出采买之见闻，街上行人多起来了，口罩虽仍需网上预约，但货源充足，你手速快些，总能买到。对于老人，则提供电话预约，这点考虑还是比较人性化的。

我独自一人宅在家里，主要的娱乐方式就是煲剧、看电影、听听音乐、玩游戏、看书、增进厨艺等。因为不和爷爷奶奶住在一起，必须"自力更生"，所以这段时间我的厨艺突飞猛进——当然，爷爷也会时不时地，给我带些肉类、蔬菜过来。

各地的救助捐款让我倍受触动。我家楼下是街道卫生办，我看到了网络捐献的公益活动在进行拍照认证。不仅如此，很多国外的开平华侨，积极捐献物资给江门。另外，我很感谢各小区体温测量点物业人员的付出，对

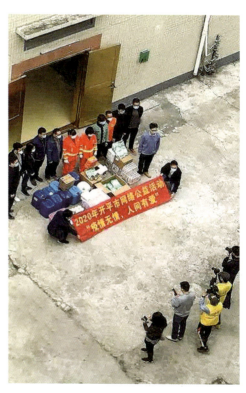

岑雅茵家楼下的街道卫生办举行网络捐献的公益活动。

我们居民来说，只是停留几秒钟，而他们却是长时间不分昼夜地守在一块地方，很辛苦。

作为一个追星女孩（追星女孩不一定混饭圈，但饭圈的风风雨雨我也是一路见证的），我在微博看到，此次饭圈女孩尽自己的绵薄之力救助湖北，比如某位明星的贴吧已经联合捐赠了15批物资，好！你首先是个中国人，然后才是饭圈女孩；用最炽热的心去追星，也用最热血的心去做公益。公益面前无饭圈，平时追星的女孩们，在大是大非上绝不含糊。我认为粉丝圈也该成为传递正能量的地方，不管是谁的粉丝，不管以往是否互撕过，如今都有一个共同的偶像，都有一个共同的愿望：阿中哥哥加油！大家都要平平安安地度过这轮疫情！

发表时间：2020 年 2 月 21 日

和人民在一起
（代后记）

2020春节前夕，新冠疫情汹汹而来，席卷全国。武汉"封城"，全国援鄂医疗队一批批集结机场，男女老少戴起了口罩，兴冲冲准备春节档的电影院关门了，喧嚣的都市和拥挤的公路瞬间空荡荡……

仿佛，一声令下，万物静止。只是，表面的安静下，看不见却混合着消毒水气味的硝烟正弥漫在全国。这是新中国成立以来在我国发生的传播速度最快、感染面积最广、防控难度最大的一次重大突发公共卫生事件。疫情防控的人民战争、总体战、阻击战，打响了。

从1月23日起，正在亲身经历历史，历史正由我们创造，这种感受，从未如此真切。作为一本新闻杂志，我们意识到：一跃而起，出击现场，按键如飞，奋笔疾书，就在此刻。

秉持着"新闻是历史的底稿，百姓是历史的见证者"的信念，我们开始寻找。在这场人民战争中，人民，他们是谁？他们在哪里？他们在干什么？

几天后，"口述实录"采编精锐小组完成准备，我们在"新民周刊"微信公众号每天每篇推送文章的底部发出"征集令"，向全国征集抗击新冠病毒肺炎的采访对象和新闻线索。

"征集令"得到了热烈的响应，这其实有点出乎我们的意料。

最初的一个月里，我们每天忙得不可开交，线上工作时间超过了12小时，很多个深夜，当工作群结束选题讨论和采访安排时，已经是凌晨一点。实录小组在"征集令"中留下个人微信号的7名成员，是我们周刊最优秀最资深的记者、编辑，自从他们"花名"公布后，每天要接待"加微信"陌生人少则数十人，多达上百人，短短一个半月，每位编辑的接待往来信息早就超过了万余条。他们不停地"私聊"，筛选、采访、核实、安慰、帮助，很多来访者来自武汉、来自湖北。

这本书中的"50位亲历者说"是从最终成文、刊发的81篇口述实录中精选出来的。

他们中有医学专家，有"90后"新医生；有小护士，有大作家；有快递小哥，有餐饮老板；有修车师傅，有核酸检测设备安装工程师；有流调工作者，有社区志愿者；有"心脏移植＋新冠肺炎"重症患者，有"团聚"在方舱的一家四口；有火线提拔的基层干部，有每天登机测温的排查员……

常常，握着手机，隔着屏幕，我们一边采访一边安慰，说着说着就泪流满面，我们一边打字一边回想，写着写着就眼眶湿润。

我们的主人公们从没有说出什么特别了不起的话，但就是这一个个真实的故事，这一段段平凡的人生，在烟尘滚滚的大历史、大背景下，直抵人心。

我们找不到比"口述实录"更好的写作方式，来记录这些普通人在这场战争中最初的痛楚和无助，有过的犹豫和不舍，最终的坚强和付出。

都说：没有从天而降的英雄，只有挺身而出的凡人。是的，因为这些凡人对自己生活和岗位的坚守，中国，英雄遍地。

无数读者被这些口述实录感动，很多粉丝在后台留言说，每天都阅读这一系列，每天都期待着文章的推出。新民周刊公众号也因此收获了很多"十万＋""百万＋"，这也是我们汇集成此书的动力。

因为这一系列口述实录，我们的通讯录长了很多，我们的朋友圈没了"边界"，我们和我们的采访对象，从未曾谋面，却深谈过人生，解决过"私事"，这场艰巨而又不凡的战疫，成就了我们无数段"倾城之交"。

我们为困在湖北襄阳的肿瘤小患者联系过上海专家的远程会诊，我们为各种疫情个案寻找过相关部门的纾困方案。有一次，一个前线的护士说"武汉下雪了，空调又不能开，很冷"，我们立即联系快递送去了电热毯。

2月15日快递小哥汪勇"搞定金银潭医护难题"的故事推送后迅速成为爆款，全国各大媒体转载、关注，人们纷纷转发、点赞。这篇文章仅在新民周刊微信公众号的阅读量，三天就达到320万，点赞 8 万多个，在我们母报新民晚报微信公众号的阅读量也超过了250 万，点赞数 8 万个。我们也因为这篇文章正式成为武汉物资对接志愿者：大批热心读者涌入后台咨询捐赠事宜，我们第一时间开通了捐赠物资对接通道。

短短两周我们联系了数百个热心捐赠者，为武汉前线对接了1.6 万余件捐赠的医用物资。这些捐赠者来自全世界的华人，也来自国内各行各业，他们中有民间慈善团队，有单位也有个人，武汉的疫情牵动着大家同一颗心。捐赠物资中除了医用口罩、防护服、护目镜、酒精消毒液、免洗洗手液、手套、鞋套等，有热心读者留意到武汉的气温有天突然升到 25 度，便马上联系运输了数千件排汗服给医护人员；也有读者担心医护人员的伙食，捐赠了米、面、有机蔬菜等食品；还有读者考虑到女性医护者的生理不便，及时送来了安心裤和卫生用品；更有好心人捐赠一批鞋袜给医护人员及时替换。

我们很荣幸能为武汉、为粉丝架起一座爱心捐助的桥梁，很荣幸能记录、传达粉丝们的无私爱心。在此，由衷感谢你们。

当写下这篇后记时，武汉 4 月 8 日"解封"的好消息传来，映衬着全球疫情种种不容乐观的现实，这些记录下中国疫情胶着时普通人点点滴滴的口述实录，今天读来另有一番况味。

我们新闻人在这种历史大事件中的使命与担当，不就是永远和人民在一起，用新闻留存全景和细节吗？

感谢上海人民出版社王为松社长在这一系列推出之初就向我提出了出版邀请，感谢鲍静编辑付出的辛劳，没有他们，我们也许不会这么快以这种精美的方式回馈读者。

感谢母报、中国最悠久的报纸之一新民晚报的大力支持，更感谢朱国顺社长始终站在我们的背后。

谨以此书向人民致敬！

刘　琳

2020 年 3 月 25 日

本书图片均由受访者提供。

图书在版编目(CIP)数据

战疫口述实录:50 位亲历者说/新民周刊社著. ——
上海:上海人民出版社,2020
ISBN 978 - 7 - 208 - 16365 - 2

Ⅰ. ①战… Ⅱ. ①新… Ⅲ. ①纪实文学-作品集-中
国-当代 Ⅳ. ①I25

中国版本图书馆 CIP 数据核字(2020)第 065858 号

责任编辑 鲍 静
封面设计 汪 昊

战疫口述实录
——50 位亲历者说
新民周刊社 著

出 版 上海人民出版社
(200001 上海福建中路 193 号)
发 行 上海人民出版社发行中心
印 刷 上海中华印刷有限公司
开 本 720×1000 1/16
印 张 18.25
插 页 1
字 数 228,000
版 次 2020 年 5 月第 1 版
印 次 2020 年 5 月第 1 次印刷
ISBN 978 - 7 - 208 - 16365 - 2/K · 2935
定 价 78.00 元